Manfred H. Krämer

Mordsquilt

Kriminalroman

Gesamtherstellung:
WAP Waldkirch Produktion GmbH, Mannheim
Titelidee: Manfred H. Krämer
Titelfoto: Monika Krämer
Satz & Gestaltung: Verena Kessel

ISBN Taschenbuch 978-3-86476-020-4
ISBN E-Book EPUB 978-3-86476-506-3
ISBN E-Book PDF 978-3-86476-507-0

Seit 1542

Verlag Waldkirch KG
Schützenstraße 18
68259 Mannheim
Telefon 0621-79 70 65
Fax 0621-79 50 25
E-Mail: verlag@waldkirch.de
www.verlag-waldkirch.de

Manfred H. Krämer

MORDS QUILT

Verlag Waldkirch

Dies ist ein Roman. Jede Ähnlichkeit ... das kennen Sie ja schon. Sollten sich dennoch einige Personen in den Figuren der Geschichte wiedererkennen, so sollten sie entweder zur Beichte gehen, oder sich freiwillig stellen. Einzig Nika Hemmig habe ich im Großen und Ganzen bei meiner Frau abgeschrieben. Ich hoffe, dass mir das Schicksal ihres Roman-Gatten erspart bleibt. Sollten Sie dennoch mittlerweile von meinem Tod erfahren haben, so benachrichtigen Sie bitte umgehend die Polizeistation Lampertheim Telefon: 06206-94400 oder jede andere Polizeidienststelle. Glauben Sie mir: Es war Mord!

Was ist ein Quilt?

Ein Quilt (engl. quilt „Steppdecke", „steppen") ist eine vielseitig verwendbare Zierdecke, die als Tagesdecke dienen kann, sich aber auch als Wandteppich eignet. Die Decke besteht aus drei Lagen. Oben liegt die Schauseite, auch Top genannt, die Zwischenlage bildet ein wärmendes Vlies aus Wolle, Baumwolle, Seide oder Synthetik. Die Rückseite oder die Unterseite besteht zumeist aus einer Stoffbahn. Diese drei Lagen werden mit groben Heftstichen oder Sicherheitsnadeln gegen ein Verschieben während der weiteren Bearbeitung fixiert. Quelle: Wikipedia

„Hast du ihm je verziehen?“
„Ja, ich hab ihm verziehen. Das macht man so, wenn jemand stirbt.“

Zitat aus dem Spielfilm „Ein amerikanischer Quilt“, USA 1995

* * *

Für Monika,
die sich vielleicht in der Figur der Nika Hemmig wiederfindet.
(Er hat sie nie betrogen!)

Prolog

Zärtlich strichen ihre langen, gepflegten Finger über den weichen Stoff, fuhren die Applikationen nach und entfernten ein winziges grünes Fädchen. Ihre Augen ruhten zufrieden auf dem gerade fertig gestellten Block. Es würde ein ganz besonderer Quilt werden. Ein Quilt, der eine ganz besondere Geschichte erzählt. Ein Quilt, der in der Tradition der Amischen entstand. Von Hand genäht. In gemeinschaftlicher Runde, versammelt um einen großen, aus rohem Holz gezimmerten Tisch.

Sie hatten ein wenig warten müssen, bis sie vollzählig waren. Doch nun waren sie endlich wieder vereint. Alle fünf. Ein Quilting-Bee[1] wie aus dem Bilderbuch.

Bernardine Fleurance war, selbst hier an diesem Ort, perfekt frisiert wie immer. Die silbergraue Mähne, ihr aristokratisch wirkendes Gesicht und die leicht schräg gestellten Augen ließen sie fast wie eine edle Main-Coon-Katze aussehen. Ihr französischer Akzent war da nur noch das Tüpfelchen auf dem i. Sie war die graue Eminenz des Nähkränzchens. Zurückhaltend mit ihrem umfassenden Wissen über die Quilttraditionen der Amischen, einer Glaubensgemeinschaft in Pennsylvania, deren Kunst sie sehr bewunderte. Mit den Jahren war Bernardine selbst zu einer wahren Quilt- und Patchwork-Meisterin geworden.

Leise, aber sehr bestimmt, vertrat sie ihren Standpunkt ohne jemals unfreundlich oder gar zornig zu werden. Den Part hatte ja schon Maurizia inne. Die resolute, selbsternannte Chefin im Ring sprach stets aus, was sie dachte.

---

1 Quilter-Treffen

Sie nahm dabei keine Rücksicht auf Gefühle oder Freundschaften. „Quilt ist Quilt und Prosecco ist Prosecco!“, war einer ihrer Lieblingssprüche. Selbst wenn sie in ihrer unnachahmlichen Art und Weise, die Unterarme vor dem Gesicht wie ein angeschlagener Boxer in der achten Runde, die Finger mit den Nähnadeln nur Zentimeter vor den über die Lesebrille hinwegblickenden Augen, komplizierte Stiche setzte, entging ihr nichts. Jede Bemerkung, jeder Wimpernschlag und jeder Seufzer wurde registriert und wenn nötig, voller Zynismus kommentiert. Trotz ihrer bärbeißigen Art, war Maurizia bei den anderen Quilterinnen beliebt und geachtet. Längst hatten die Damen den dicken Panzer aus Spott und Häme durchschaut und die hochsensible und kreative Frau dahinter entdeckt. Zudem war auch Maurizia Klawuttke unbestritten eine Grande Dame der deutschen Quilt- und Patchworkszene, Mitglied der Patchwork Gilde Deutschland e. V. und eines halben Dutzends weiterer Clubs und Vereinigungen. Quilts von ihr hingen auf jeder namhaften Ausstellung und waren in zahlreichen Fachbüchern abgebildet.

Monika Hemmig, genannt Nika, war mit ihren 49 Jahren das Nesthäkchen der Gruppe. Sie war das glatte Gegenteil zu Maurizia, nicht nur wegen ihrer grazilen Elfenfigur. Nika war von Natur aus freundlich und tolerant, selbst gegenüber den skurrilsten Auswüchsen der menschlichen Gesellschaft, hatte ein ansteckendes Lachen und das Quilten erst vor zwei Jahren entdeckt. Begierig probierte sie alle möglichen Techniken aus und war berüchtigt für ihre Ausdauer und ihren Ehrgeiz. In ihrer kurzen Karriere hatte sie bereits einen beachtlichen Fundus an Quilts, Tischläufern,

Topflappen und Kissen produziert. Allen gemeinsam war die perfekte Abstimmung der verwendeten Farben. Eine Gabe, die wohl schon immer in ihr geschlummert hatte.

Nika war auch die Erste, welche die schillernde Jule in ihr Herz geschlossen hatte. Die fast zwei Meter große Blondine mit Oberarmen und Schultern wie kasachische Hammerwerferinnen und einer Stimme, die John Wayne zu einem Sängerknaben degradierte, war einst gebückt durch die Tür von Bernardines Stofflädchen gekommen, hatte einen traumhaft schönen Mystery-Quilt auf die Theke gelegt und gebrummt: „Das will ich auch machen."

Der Quilt war ein Erbstück ihrer Großtante und mit das Schönste, was Bernardine jemals gesehen hatte. Obwohl das winzige Hinterzimmer ihres Lädchens mit ihr und ihren drei Freundinnen vom Nähkränzchen schon aus allen Nähten zu platzen drohte, bot sie der riesigen schmuckbehängten Frau in den edlen Designerklamotten und der weißblonden Wallemähne spontan an, sich ihnen anzuschließen. Da Julia van Hangstrathen, so ihr voller Name, ihr Recht auf Selbstzerstörung mittels Nikotin immer und überall auslebte, als sei sie Helmut Schmidt, setzte Bernardine sie unmittelbar neben die Tür. Die Statik des kleinen Häuschens in der Lorscher Altstadt hätte zudem wohl ernsthaft Schaden genommen, wenn sich Jule auf einen der hinteren Plätze auf der Eckbank durchgekämpft hätte. Frau rückte halt ein wenig enger zusammen und nur Maurizia verteidigte ihr angestammtes Revier mit ausgestellten Ellbogen und mürrischen Blicken.

Ja ... und dann gab es da noch Josefa. Klein, dünn, um nicht zu sagen dürr, in abgetragenen Öko-Klamotten, mit strähnigem grauem Haar, welches mit einem Stirnband gebändigt wurde. Es sah aus, als hätte es das gesamte Festival über im Schlamm von Woodstock gelegen. Über ihrem stacheligen Wollpullover baumelte ein Peacezeichen, groß wie das Markenzeichen eines VW-Bulli. Ihr hatten sie das alles zu verdanken. „Sie hat damit angefangen“, keifte Maurizia in schöner Regelmäßigkeit bei jedem Treffen. Josefa senkte dann immer schuldbewusst den Kopf, obwohl das gar nicht stimmte. Sie hatte ihren Mann nicht umgebracht. Alle wussten das, alle! Sogar die Staatsanwältin. Es war erst gar nicht zur Anklage gekommen. Ein Unfall. Hieb- und stichfest! Ein übles Wortspiel! Besonders wenn man bedenkt, dass der gar nicht gute Gatte durch ein Beil den Tod gefunden hatte. Und überhaupt: Wenn eine aus diesem Kreis die Spirale des Todes in Gang gesetzt hatte, dann war das Maurizia! Josefa, die Spinnen mit Marmeladegläsern einfing, um sie in ihrem winzigen Kräutergärtchen auszuwildern. Die laut Maurizia sogar ihre Silberfische adoptierte und einem Straßenräuber noch hinterherlief, um sich zu entschuldigen, weil in ihrer Handtasche kaum Geld war. Eine Verbrecherin? Undenkbar. Niemand hätte hier mit ihr gerechnet und doch: Josefa war die Letzte aus der illustren Gilde, die ihren Platz an dem großen Eichentisch eingenommen hatte. Beihilfe zu einem versuchten Mord, hatte der Richter vorgelesen. Blöd. Sie wollte nur helfen. Nika hätte das allein unmöglich gepackt. Nun ja, sie beide zusammen haben es auch nicht gepackt. Deswegen waren sie hier. Immerhin, Bernardine hatte der Anstaltsleitung der JVA Frankfurt III den Raum und die erforderlichen Genehmigungen abgeschwatzt. Jeden Tag drei Stunden durften sie hier unter Aufsicht nähen, applizieren, quilten und über ihre Männer stänkern. Gott hab' sie selig ...

„Gefängnismauern sind auch nichts weiter als ein Log-Cabin-Block.“
Jule van Hangstrathen

Josefa

Burg-Herzberg, 1971. Der klapprige VW-Bully mit seiner rotznasigen Ölfarbenlackierung reihte sich in die lange Reihe von Ford-Transits, Granadas und VW-Käfern ein, die alle das gleiche Ziel hatten: das größte Hippie-Festival Deutschlands in der Nähe von Alsfeld/Hessen. Bomber saß am Steuer, hielt das dürre weiße Lenkrad in seinen riesigen Pranken und schaute durch seine lächerlich kleine, rosagefärbte John-Lennon-Brille auf die knatternde und stinkende Blechkarawane vor ihnen. Aus den Lautsprechern krächzte Bob Dylans *Blowin' In The Wind* und aus den Fenstern des vor ihnen fahrenden 1200er Käfers wehten süßlich riechende Schwaden. Bomber, der eigentlich Bodo hieß, was kaum einer wusste, war ein zwei Meter großer Kerl mit beinah komplett zugewachsenem Gesicht, der seine langen, naturkrausen Haare mit einem Stirnband bändigte und bunte Perlen in seinen zottigen blonden Bart geflochten hatte. Er trug eine speckige braune Wildlederweste auf nackter Haut, Jeans die mit Eddingstiften über und über bemalt waren und Cowboystiefel mit schiefgelatschten Absätzen. Um den Hals trug er ein Lederband, an welchem ein schweres metallenes Peacezeichen hing, das allerdings fast komplett in dem struppigen Brusthaar verschwand.

Neben ihm saß Josie. Jeans, Batikshirt und ein selbstgehäkeltes Stirnband wiesen auch sie als Mitglied der Hippieszene aus. Laut und falsch sangen beide mit, während hinten im Bus zwischen den Army-Seesäcken, der Zeltausrüstung und drei Hunden unbestimmbarer Rasse, Jack und Jill, die in Wirklichkeit Alfred und Martina hießen, selig schlummerten. Es war das erste Mal, dass Josie mit ihrer Clique unterwegs war, ohne dass ihre Eltern Einwände hatten. Nun ja, die Eltern waren ihrerseits unterwegs, ihr altersschwacher Opel Rekord zog gerade ihren Wohnwagen über den Brenner und Josie war offiziell mit der Jugendgruppe der Kirchengemeinde auf Pilgerreise. Dies war ihr ureigener Summer of Love. Der zwei Jahre jüngere Bomber hatte ihr Herz im Sturm erobert, als er einen Kerl, der drei kleine Kätzchen ersäufen wollte, selbst in den dreckigen Tümpel warf, an dessen Ufer er ihn erwischt hatte. Josie, zwar schon 22 Jahre alt aber noch unerfahren, war immer zufrieden gewesen mit ihrem Leben als behütete einzige Tochter eines Buchhalters und der Leiterin der örtlichen Leihbücherei. Sie verkroch sich lieber hinter Büchern und erlebte ihre Abenteuer in ihrer Fantasie. Bis Bomber kam. Über Nacht wurde aus dem schüchternen Stubenhockermädchen eine richtige kleine Fegerin, die sich nachts über den Balkon aus ihrem Zimmer stahl, um mit der bunten Clique aus Dorfhippies und GIs aus der nahen Garnison umherzuziehen. Bomber, der wegen seiner Erscheinung und seiner mürrischen Schweigsamkeit bei der Dorfjugend großen Respekt genoss, nahm das dürre Dingelchen unter seine Fittiche, und so wurde Josie eine Art Maskottchen der Gruppe. Keiner nahm ihr übel, wenn sie die kreisenden Joints weiterreichte und beim Alkoholkonsum zurückhaltend war. Sie sah immer noch aus wie eine unterernährte

Vierzehnjährige und besaß noch nicht einmal einen Führerschein. Bomber und Josie waren für alle anderen bereits ein Paar, als die beiden dies selbst noch gar nicht realisiert hatten. Bomber war Josies erster „richtiger“ Freund und das sollte bis an ihr Lebensende auch so bleiben. Zumindest bis an Bombers Lebensende.

Vier Jahre später rasierte sich Bomber das Gesicht, schnitt sich die Haare und quetschte sich in einen geliehenen Anzug, während Josie ihr dünnes straßenköterbraunes Haar mit einer überdosierten Dauerwelle in einen unbeabsichtigten gewaltigen Afro verwandelte, in dem ihr Spitzmausgesicht beinahe verschwand. Zur Hochzeit trug sie ein geliehenes Brautkleid und Schuhe ihrer Mutter, die neu eingefärbt waren. Der alte Opel-Rekord trug stolz den Blumenschmuck auf seiner rostigen Motorhaube. Bomber, der Schlachter gelernt hatte, fand eine Stelle in einer Abdeckerei und Josie arbeitete stundenweise als Aushilfe im Teeladen einer Bekannten. Josie verspürte zwar den Wunsch nach einem Kind und Bomber ließ es auch nicht am nötigen Eifer fehlen, aber das Schicksal hatte wohl andere Pläne. Weitere zehn Jahre später, aus Josie war längst Josefa und aus Bomber Bodo geworden, wurde die Abdeckerei geschlossen und Bodo trat einen Job im Mannheimer Schlachthof an. Dort fand er rasch Anschluss bei den Kollegen, ging nach der Arbeit nur zu gerne in die umliegenden Kneipen mit, rasierte sich irgendwann das schütter gewordene Haar, trug Springerstiefel und Bomberjacke und verunstaltete sich mit dilettantischen, im Suff gestochenen Tattoos. Aus dem einstigen Love & Peace-Hippie war ein übler Macho geworden, der Josefas Sparbuch plünderte, um sich eine Harley zu kaufen, immer häufiger besoffen nach Hause kam und seine Frau schikanierte. Nie schlug er sie. Nie betrog er sie. Das war Teil seiner verworrenen Weltanschauung. Jedoch verlangte er unbedingten Gehorsam und Josefa, im Herzen immer noch ein Blumenkind, nahm die Demütigungen als Schicksal an. Sie schuf sich mit unzähligen Büchern und ihrem Hobby, dem Quilten, einen eigenen Rückzugsort. Vor zwei Jahren hatte sie das Veganertum als weitere Möglichkeit der Abgrenzung gegenüber ihrem fleischfressenden Bodo entdeckt, den sie seither im Stillen nur noch den „Carnivoren" nannte.

Aus der schwärmerischen Liebe der siebziger Jahre zu dem sanften Riesen mit dem weichen Herzen wurde kalte Verachtung. Trennung, Scheidung gar, kam für sie nicht in Frage. Josefa war streng katholisch erzogen, sie lebte ihren Glauben, fand Halt und Hilfe in Jesus und nahm die Worte des Pfarrers „bis dass der Tod euch scheidet" bitterernst. Trotzdem litt sie sehr unter dem Leben mit dem Carnivoren. Seit sie Veganerin war, hatten die Schikanen ihres Mannes eher noch zugenommen. Beinahe täglich schleppte er Fleisch und Wurst an, stopfte Kühlschrank und Gefriertruhe damit voll und verdonnerte Josefa dazu, ihm allabendlich gewaltige Steaks zu braten, Wurstplatten zu richten und zum Frühstück mächtige Portionen Rührei mit Speck auf den Tisch zu bringen. Für sie hatte er nur ätzenden Spott übrig und regte sich jedesmal furchtbar auf, wenn sie wieder Stoff für ihre Quilts eingekauft hatte, obwohl sie sorgfältig darauf bedacht war, hierfür nur ihr eigenes, selbstverdientes Geld zu verwenden.

Alles steckte sie weg. Seine Häme, seine Beschimpfungen, sein Gebrüll, sein unmögliches Benehmen bei Tisch und auch seine „Freunde“, grölende Kerle mit ebenso lauten Motorrädern. Alle um die fünfzig und älter, was sie besonders widerlich fand, hatten doch garantiert einige davon selbst eine Ehefrau, Kinder oder gar Enkel! Gott würde sie strafen. Gott sollte sie strafen! Am besten heute noch. Dieser Gedanke war allein schon eine Sünde und in einem kurzen Stoßgebet leistete sie stumme Abbitte dafür.

Es war ein Samstag, an dem Josefa beinah ihren Glauben verloren hätte. Ein heißer Samstag im Juli. Draußen im Hof klirrte ein Metallteil, gefolgt von wüsten Flüchen. Der Carnivore schraubte wieder einmal an seinem hässlichen schwarzen Motorrad herum. Die Harley Davidson Fatboy war im sogenannten Bobberstyle umgebaut, besaß einen obszön breiten Hinterreifen und einen unglaublich hohen Lenker, an dem der Carnivore immer hing wie ein Orang-Utan an seiner Reckstange. Heute Morgen hatte er etwas von Ölwechsel gemurmelt und seitdem wurstelte er da draußen herum. Das Fluchen hatte aufgehört und stattdessen klapperte etwas quer durch den Hof, was er offenbar in blindem Zorn fortgeschleudert hatte. Kopfschüttelnd ging Josefa in den Keller, räumte die Waschmaschine aus und schleppte den Korb keuchend die steile Stiege des alten Hauses hinauf. Die Haustür stand offen und sie sah das schwere Motorrad, welches der Carnivore auf zwei Metallstützen aufgebockt hatte. Er lag quer darunter, alles mögliche Werkzeug um sich herum verstreut.

Mit einem dumpfen Geräusch fiel der Wäschekorb zu Boden. Fassungslos starrte Josefa auf das Bild, welches sich ihren Augen bot: Der gewaltige Körper des fetten Carnivoren lag auf einem Quilt. Einem Quilt? Heilige Mutter Gottes! Nicht auf irgendeinem Quilt! Der Kerl wälzte seinen ölbesudelten Wanst auf dem Flower-Garden-Quilt ihrer Großtante! Ein ungeheuer kompliziertes Muster, über mehrere Jahre hinweg gewachsen zu einem der prächtigsten Quilts, die sie je gesehen hatte. Es war dieses Kunstwerk, welches damals den Wunsch in Josefa geweckt hatte, auch eine Quilterin zu werden. Sie hatte ihn gestern aus seiner Schutzhülle geholt, ihn vorsichtig aufgebügelt und in ihrem Nähzimmer, welches sich auch im Keller befand, bereitgelegt. Sie wollte ihn am Montag einer Quiltfreundin zeigen. Im Nähzimmer stand auch die große Werkzeugkiste des Carnivoren. In seiner ignoranten Dumpfheit hatte er sich den Quilt geschnappt, um eine Unterlage für den Ölwechsel an seinem grässlichen Motorrad zu haben. Alles drehte sich um sie, ihr Kopf dröhnte, als sei er eine große Glocke. Der Carnivore und sein Motorrad verschwammen vor ihren Augen ...

„Dreiviertelzöller!“, erklang plötzlich seine kratzige Säuferstimme, „gib mir den Dreiviertelzöller, wenn du schon so bescheuert da rumstehst!“ Sie machte ein paar unsichere Schritte auf ihn zu.

„Na los! Pennst du, Alte, oder was?“

Jetzt stand sie unmittelbar hinter dem aufgebockten Motorrad.

„Halloooo?“, die Stimme des Carnivoren bebte vor Zorn. Seine Beine zuckten, als er sich anschickte unter der Maschine hervorzukriechen. Josefa sah, dass eine der dreibeinigen Stützen, die unter dem schimmernden Sturzbügel angebracht war, im Begriff war, zu verrutschen. Die Maschine lag jetzt nur noch mit wenigen Millimetern auf.

„Na warte!", der Carnivore keuchte. Wieder wackelte die Maschine, als er in seiner Unbeholfenheit mit der Schulter gegen den Getriebeblock stieß. Josefa verlagerte ihr Gewicht auf den linken Fuß. Die Spitze ihrer Stiefelette schwebte unmittelbar vor dem Stützbock. Ein unterdimensioniertes, wackeliges Teil aus dem Supermarkt.

Es war nur einer, höchsten zwei Zentimeter. Sie brauchte das Teil nur ganz leicht anzutippen. Den Rest besorgte das Gewicht des Motorrades. Scheppernd fiel die Stütze um und Josefa machte einen Satz rückwärts, fiel über die Einfriedung des kleinen Gemüsegartens und landete auf ihrem Allerwertesten im Salatbeet. Mit weit aufgerissenen Augen registrierte sie das Geschehen wie in Zeitlupe: Fast dreihundert Kilo Eisen neigten sich auf die Seite, während die Beine des Carnivoren wild zappelten und sein unartikuliertes Gebrüll den Hof erfüllte. Mit einem hässlichen Knirschen und Scheppern kippte die Maschine auf die Seite. Die massiven Sturzbügel verhinderten, dass die Beine des Besitzers vom Motorblock zermalmt wurden, aber das wäre Josefa jetzt auch egal gewesen. Immer noch brüllend wie ein angestochener Stier, wälzte sich der Carnivore unter seiner Maschine heraus, wobei er den kostbaren Quilt mit Blut, welches aus einer kleineren Risswunde an seinem linken Oberschenkel quoll, noch weiter einsaute. Als das Geschrei wieder zu einigermaßen verständlichen Worten wurde, fixierte der waidwunde Goliath seine leichenblasse Frau im Gemüsebeet.

„Warum hast du sie nicht gehalten! Warum hast du sie nicht gehalten! Schau dir das an! Verdammte Kacke, schau dir das an!“ „Der Idiot“, dachte Josefa. „Der hat noch nicht einmal gemerkt, dass ich die Stütze weggetreten habe. Schade, dass die Kiste ihm nicht auf den Kopf gefallen ist.“ Sofort schalt sie sich wegen des unchristlichen Gedankens. Doch dann wanderten ihre Augen wieder zu dem ruinierten Quilt. Hieß es nicht auch in der Heiligen Schrift Auge um Auge, Zahn um Zahn?

„Los, mach schon! Hilf mir, sie wieder aufzuheben! Los, glotz nicht so dämlich!“, schrie er, packte sie am Ärmel ihrer Strickjacke und zerrte sie auf die Füße. Sorgfältig vermied sie es, auch noch auf den Quilt zu treten und stemmte ihre 54 kg gegen die Maschine. Der Carnivore wuchtete das Motorrad fast allein in die Senkrechte, klappte den Seitenständer aus und ließ sie vorsichtig darauf ab. Entsetzt starrte er auf die Kratzer am Tank und den verbogenen Lenker. Am Heck baumelte einer der Blinker lose am Kabel herunter und das seitlich angebrachte Nummernschild war samt Halterung übel zerknittert.

Wortlos zerrte Josefa den Quilt unter der Maschine heraus, faltete ihn, ungeachtet der Ölschmiere zusammen, während ihr die Tränen über die eingefallenen Wangen rollten. Der Carnivore bemerkte nichts davon. Er war in die Hocke gegangen und strich immer wieder über den zerkratzten Tank. Seine Lippen bewegten sich in stummer Verzweiflung, auch seine Augen schimmerten feucht. Um seine Wunde kümmerte er sich nicht. Josefa beschloss, es ihm gleichzutun.

„Bis dass der Tod euch scheidet“, hatte Pfarrer Heinrichs damals gesagt, „bis dass der Tod euch scheidet ...“ Sie hatte das stets ernst genommen. Für sie waren das keine leeren Worte, keine Show für die Verwandtschaft und die anderen Hochzeitsgäste. Aber ... nirgends stand geschrieben, von welcher Art Tod Gott hier sprach, oder? In ihrem Nähzimmer im Keller angekommen, breitete sie den Quilt der Großtante auf dem Zuschneidetisch aus und betrachtete die Verwüstungen mit klarem und analysierendem Blick. Sie würde versuchen, zu retten was zu retten war. Ihre Quiltfreundinnen wussten sicher Rat. Dieses Meisterwerk durfte nicht vernichtet werden. Nicht durch die dumpfe Brutalität und Ignoranz dieses verrohten Stück Viehs. Dann spürte sie es: zuerst ein leises Klopfen, tief in ihrem Herzen, das rasch zu einem energischen Pochen wurde. Der Teufel ... er nutzte die einmalige Chance zu ihr vorzudringen. War Satan nicht auch ein Engel? Verstoßen zwar, aber doch ein Geschöpf Gottes? Tritt ein, sei willkommen. Ich will dir eine ergebene Dienerin und Helferin sein.

Lächelnd folgte sie den schwarzen Spuren des Schmieröls auf den in Jahrzehnten ausgeblichenen, ehemals leuchtenden Farben. Das rostige Rot des gerinnenden Blutes sah aus wie ein hieroglyphischer Schriftzug. Sie hob den Kopf. Sie sah nicht das vergitterte Kellerfenster. Sah nicht die Holzregale mit den Einmachgläsern, nicht den alten Esstisch, auf dem ihre Nähmaschine stand. Sie sah den dunklen Engel. Er lächelte ihr zu. Grinste verschwörerisch und hob die linke Hand in besänftigender Geste. „Lass mich nur machen“, schien er ihr sagen wollen, „lass mich nur machen ...“ Hätte der Carnivore in diesem Augenblick in das schmale blasse Gesicht seiner Frau geschaut, hätte er dieses Lächeln gesehen, dann hätte er wohl zum ersten Mal in seinem Leben Angst gehabt. Todesangst.

Zwei Wochen später:

Es nahm kein Ende. Der große Einkaufskorb war schon fast voll und immer noch förderten ihre Hände weitere dieser grässlichen weichen Pakete zutage. Kleine und große, dicke und dünne, schwere und leichte. Sie atmete flach, trotzdem ließ es sich nicht vermeiden, dass der Gestank von Fleisch, Knochen und Blut ihr in die Nase stieg. Sie kämpfte gegen das Würgen, als endlich das letzte der grausigen Stücke im Korb lag. Sie würde den Kühlschrank abtauen müssen. Sie musste ihn heiß auswaschen und desinfizieren, bevor sie ihn wieder nutzen konnte. Doch zunächst musste dieser fürchterliche Korb weg! Zum Glück war es kühl draußen, da konnte sie die ganze Ladung bedenkenlos in den Hausmüll geben. Das ganze grausige Sortiment: Schinken, Steaks, Bratwürste, grob, fein, geräuchert, Edelsalami, speckige Fleischwurst. Fleischwurst! Einen ganzen Ring konnte der auf einmal davon essen. Zur Not auch ohne Brot.

Jetzt nicht mehr! Der Carnivore war tot! Sie unterdrückte ein Kichern und erhob sich ungelenk mit steifen Gliedern. Mit sechsundsechzig war man eben keine zwanzig mehr. Aber mit sechsundsechzig fing doch das Leben erst an, oder? Das hatte mal einer gesungen: „Mit sechsundsechzig Jahren, da fängt das Leben an …", für sie traf das ja jetzt wohl zu. Und wie! Der Carnivore war tot! Wieder kicherte sie. Diesmal laut. Tot! Das fleischfressende, brutale, stinkende Monstrum war tot. Elendig verreckt an einer Blutvergiftung, die er sich an einem seiner Schlachterbeile geholt hatte. Dumm und männlich wie er war, hatte er die rote Spur auf seinem linken Arm so lange ignoriert, bis ihm keiner mehr helfen konnte. Armes Schwein. Schwein? Sie blickte auf den überquellenden Korb. Ja, Schwein und Rind und Kalb und Schaf, alles, was das Carnivorenherz erfreute. Jetzt hatten sie sich also gerächt. Ein kleiner Ritz an der oft geschliffenen, schartigen Schneide der Ausbeinaxt, und schon waren sie in seine Venen geströmt wie johlende Sturmtruppen. Mitgerissen, sich in wahnsinnigem Tempo vermehrend, alles überflutend auf dem Weg zum Herzen, dem Herzen aus Stein, das doch machtlos war gegen diese toxische Invasion und mit einem letzten Muskelzucken in sich zusammenfiel wie ein faltiger, leerer Lederbeutel.

Der Carnivore war tot ...

Der Sensenmann, sie kicherte wieder, Verzeihung, der Mann mit dem Beil, schlug auf der Nachtschicht zu. Wie praktisch! Bis zum frühen Nachmittag war alles erledigt: die Fahrt zur Unfallklinik, das Erledigen der notwendigen Formalitäten, der kurze Besuch beim Bestatter, ja der Günstigste, nein, keine besonderen Wünsche, was die Ausstattung betraf, Hauptsache billig. Beerdigungen kosteten so schon genug, auch ohne protzige Eichenkiste mit polierten Griffen. Kiefer war gut, am liebsten wäre ihr der Zinksarg gewesen, mit dem er transportiert worden war, aber das sprach sie nicht laut aus. Der pickelige Bestatterlehrling war auch so schon zur Genüge verunsichert durch ihr geschäftsmäßiges Auftreten. Er schob es wohl auf Posttraumata oder so. Sollte er ruhig.

Es war gerade mal 14.25 Uhr, als alles getan war. Nun ja, fast alles. Der Kühlschrank! Das musste unbedingt auch noch erledigt werden. Die restlichen Spuren des Carnivoren würde sie im Laufe der Woche beseitigen. Kleidung, Bücher, Fotos, Hygieneartikel, das Motorrad. Alles weg! Als wäre er niemals da gewesen.

Sie stand im Hof, neben der nun vollen Mülltonne (den Korb hatte sie gleich mit weggeworfen), in ihrer dünnen Strickjacke im kalten Abendwind und fror doch nicht. Sie, die selbst im Sommer den Ölofen über Nacht brennen ließ, wenn die Temperatur auch nur knapp unter die 20 °C Marke fiel, fror nicht! Heute nicht. Sanft rieselnde Wärme kroch durch ihren Körper, breitete sich aus wie schwelende Glut und brachte ihr wohlige Entspannung. Sie schaute zu dem kleinen Fachwerkhaus, in dem sie seit so vielen Jahren wohnte. Registrierte es, als sähe sie es zum ersten Mal. Selbst die grelle Neonröhre über der Arbeitsplatte in ihrer Küche schien plötzlich warmes, gemütliches Licht zu verströmen. Ein Heim. Sie hatte endlich wieder ein Heim. Vom nahen Kirchturm schlug es dreimal. Sie ging zurück ins Haus, tappte die steile Treppe in den Keller hinunter und betrat das Nähzimmer. Liebevoll strich ihr Blick über die bunten Stoffe, die prächtigen Quilts an den Wänden und zusammengefaltet auf Stuhl, Tisch und Schrank. Das hatte der fiese Carnivore gut gemacht! Starb früh genug, damit sie ihre Nähstunde im Stoff-Stübchen nicht absagen musste. Brav!

„Wo die Nadel durchkommt,
da kommt auch der Faden durch.“
Josefa Bollmann

Montags im Stoff-Stübchen

„Na, Josefa, du siehst ja heute so entspannt aus. Hat dir dein Mann Blumen mitgebracht?“ Diese für einen Außenstehenden wahrscheinlich durchaus freundlich klingende Frage konnte nur von Maurizia kommen. Der lauernde Unterton und der argwöhnische Blick aus ihren zusammengekniffenen Schweinsäuglein entlarvten den Satz als ironisch-bösartige Anspielung, insbesondere da alle wussten, dass die Wahrscheinlichkeit im Lotto sechs Richtige zu haben ungefähr zehnmal so hoch war, wie von Bodo Blumen zu bekommen. Jule gluckste ihr dezentestes High-Society-Hüsteln und Nika, die stets für Frieden und Gerechtigkeit Kämpfende, sandte strafende Blicke zu Maurizia. Bernardine stellte eine Schale Gummibärchen auf den Tisch und setzte sich zu den anderen an den Tisch.

„Gut siehst du aus, meine Liebe. Maurizia hat recht“, entkräftete sie die Schärfe der Bemerkung. Maurizia grunzte und grapschte mit ihrer dicken Hand in die Schüssel.

„Dein Mann versteht doch was von alten Autos“, wandte sich Josefa an Bernardine, was Maurizia mit dem Mund voller Gummibärchen kommentierte: „Mehr als von alten Mädchen jedenfalls.“ Jules riesiger Walkürenkörper bebte vor unterdrückter Heiterkeit. Für sie war das Gestänkere ihrer Quiltfreundin immer wieder ein Fest.

„Willst du dir etwa auch so eine rostzerfressene Sparkasse anschaffen?“ Bernardine schaute Josefa mit belustigtem Gesichtsausdruck an. „Kannst seinen Lancia haben, vielleicht können wir uns dann endlich mal wieder einen richtigen Urlaub leisten.“

„Es geht um Bodos Motorrad“, antwortete Josefa und legte das Stück Stoff, an dem sie gerade arbeitete, auf den Tisch. „Ich möchte wissen, was man für so eine Maschine noch kriegt.“

„Die Harley? Bodo will seine über alles geliebte Harley verscheppern? Das glaub ich jetzt nicht!“ Das war Jule, die Josefa ungläubig musterte.

„Ich verkauf’ die Maschine, nicht Bodo“. Über Josefas Gesicht glitt ein feines Lächeln, welches sie augenblicklich zehn Jahre jünger aussehen ließ.

„Du? Nicht Bodo?“, Maurizia drehte ihren Kopf wie einen Geschützturm und schaute Josefa an, als sähe sie sie zum ersten Mal, „was sagt der denn dazu?“

„Nichts. Er ist heute früh gestorben ...“

Die folgende Szene wirkte, als sei der Film hängenblieben. Alle erstarrten mitten in der Bewegung, ja sogar Maurizias Hand, schon halb geöffnet, schwebte bewegungslos über den Gummibärchen. Jule hielt ihr immer noch brennendes Feuerzeug in der Hand und die Zigarette im Mund, Nika sah mit ihrem heruntergeklappten Unterkiefer und ihren weit aufgerissenen riesigen Augen aus wie ein Mondkalb und Bernardine schien mit schiefgelegtem Kopf und halbgeschlossenen Augen einer unsichtbaren Melodie zu lauschen.

„Hammer!“ Maurizia fing sich als Erste wieder und stopfte sich eine handvoll Bärchen in die Backen.

Jule hatte es endlich geschafft, mit zitternden Fingern ihre Zigarette anzuzünden und blies unkonzentriert den Rauch mitten in Maurizias gespanntes Gesicht.

„Gestorben? Gestorben, sagst du? Wie gestorben?“

„Es war das Beil, er hat sich ...“, weiter kam Josefa nicht. Ein kollektiver Aufschrei erschütterte das winzige Hinterzimmer, so dass Django, der in seiner Ecke lag und ab zu furzte, erschrocken bellend aufsprang.

„Mit dem Beil!“, kreischten alle, so wie man es absolut nicht einstudieren konnte, „mit dem Beil! Du hast ihn mit dem Beil ...“

„Spinnt ihr? Ich hab ihn nicht umgebracht!“ Josefa war aufgesprungen, Bernardine beruhigte ihren Hund und Jule verschluckte sich am Rauch. „Es war ein Unfall. Ein Betriebsunfall. Er hat sich an seinem Beil geschnitten und ...“

„Dann ist der Kopf in den Gulli gekullert, pfrrrfffff!“ Maurizia prustete zwei halbgelutschte Gummibärchen quer durch den Raum, die von Django umgehend entsorgt wurden.

„Eine Blutvergiftung! Es war eine Blutvergiftung!“ Josefas Stimme wurde schrill, um das einsetzende Stimmengewirr zu übertönen.

„’allo? Jetzt seid doch endlisch einmal ru’isch!“, versuchte Bernardine die Wogen zu glätten. „’ören wir Josefa doch erst mal zü! ’altet eure Schnäbel jetzt, parbleu!“ Zögernd kehrte Ruhe ein, dafür schauten alle wie gebannt zu Josefa, die mittlerweile ziemlich mitgenommen aussah.

„Es war nur ein kleiner Schnitt, aber in der Schlachterei ist das nicht ungefährlich. Überall Bakterien und Viren. Er hat wohl gar nicht mitgekriegt, was er sich da eingefangen hat. Erst als er umgekippt ist, haben sie ihn ins Klinikum gefahren. Dort ist er dann gestorben. Sie konnten nichts mehr tun. Es ist wohl sehr schnell gegangen ..." Die kleine verhärmte Frau senkte den Blick. Wieder senkte sich absolutes Schweigen über die sonst so fröhliche Runde. Alle schauten sich an. Alle wussten, was besser unausgesprochen blieb. Alle waren letzte Woche Zeuge gewesen, wie Josefa bebend vor Zorn den ruinierten Mystery-Quilt ihrer Großtante auf den Tisch geworfen hatte. Alle konnten sich nur zu gut an ihre Worte erinnern: „Mit dem Beil gehört der erschlagen! Mit seinem eigenen elenden Schlachterbeil!" Und jetzt war er tot ...

Als Josefa den Blick wieder hob, wanderten ihre Augen von einer zur anderen. Nika zerfloss fast vor Mitgefühl und wohl auch heimlicher Freude über den Tod des Tyrannen, hatte Josefa ihr doch schon öfter von den Demütigungen erzählt, unter denen sie zu leiden hatte. Bernardines sanfte gütige Augen unter den schweren Wimpern schienen sie förmlich zu streicheln und die immer fröhliche, respektlose Jule schaute sie voller seltenem Ernst an, während die Asche an ihrer Zigarette schon bedenklich lang geworden war. Maurizia, schon wieder Bärchen mampfend, erschreckte sie: Der Blick, den sie ihr hinter halbgeschlossenen Lidern zuwarf, sprach Bände. Er wurde verstärkt durch ein fast unmerkliches Nicken. Anerkennung. Maurizia zollte ihr hier gerade unverhohlen Anerkennung und größten Respekt! Dieser Respekt war es auch, der ihr die Tränen über die Wangen rollen ließ. Respekt vor einer Tat, die sie nie begangen hatte.

An diesem Abend wurde im Hinterzimmer des Stoffstübchens weder appliziert noch gequiltet oder genäht. Bernardine spendierte eine Runde Willis, die diesmal keine der Anwesenden ablehnte und selbst Maurizia vergaß, über Jules exzessive Qualmerei zu meckern. Alle versicherten sie der armen Josefa ihr tiefes Mitgefühl, wobei dieses eher ihrer angeknacksten Befindlichkeit als dem Tod des bösen Bodo galt, von dem alle wussten, dass es ihm, Gott behüte uns, eigentlich ganz recht geschah. Nika bot an, Josefa später nach Hause zu begleiten, Bernardine schenkte ihr einen Packen Fatquarter[2] und Jule versprach, sich im Internet um den Zeitwert von Bodos Harley mit „leichten" Gebrauchsspuren zu kümmern. Als sie sich voneinander verabschiedeten, drückten sie Josefa fast zu Tode, sagten liebe Dinge zu ihr und wünschten ihr nur das Beste. Maurizia zog sie zur Seite, umarmte sie noch einmal und flüsterte ihr ins Ohr: „Gut gemacht, Kleine, das hast du gut gemacht. Du bist eine Heldin. Wenn du ein Alibi brauchst, ich lüg' für dich. Ich schwör hundert Meineide für dich. Versprochen."

Benommen schaute Josefa der massigen Silhouette ihrer Quiltfreundin hinterher, als sie in Richtung Volksbankparkplatz davonwatschelte.

„Komm, ich fahr dich." Nikas offenes, freundliches Puppengesicht unter dem strohblonden Pony lächelte sie an, „einen Prosecco kann ich mir noch erlauben. Den trinken wir bei dir zuhause auf das tote Arschloch, oder?" Josefa lachte kurz auf. Nika hatte es geschafft. Die zarte Frau mit

---

2 Stoffstücke im Format 50 x 55 - 56 cm

dem Engelsgesicht und der Ausdrucksweise eines Odenwälder Sauhirten hatte den Bann tatsächlich gebrochen.

„Prosecco? Whisky, meine Liebe! Und zwar den Lieblingsstoff vom Arschloch. Ich habe schließlich ein Gästezimmer und deinen Mann kannst du anrufen und sagen, du hast eine wichtige Besprechung. Schadet denen nicht, wenn sie sich ein paar Gedanken über ihre Weiber machen müssen.“ Lachend und gackernd stiegen sie in Nikas kleinen blauen Honda, der mit Werbung für das neueste Buch ihres schreibenden Gatten beklebt war: „Wen die Runde schlägt“, Deutschlands erster Diät-Krimi von Ernest Hemmigweg!

*„Schlimmer als Lebenslänglich:
Die Meinung der Leute."*
Josefa Bollmann

Maurizia

„Schau an, schau an, die stille kleine Josefa", murmelte Maurizia zum wiederholten Male vor sich hin. Sie wäre beinahe an ihrem Auto vorbeigelaufen, so beschäftigt war sie mit dem, was sie an diesem Abend im Stoff-Stübchen gehört hatte. Ächzend wuchtete sie ihre Nähmaschine in den Kofferraum, stellte die Tasche mit ihren Utensilien daneben und ließ sich schweratmend auf den Fahrersitz fallen.

„Räumt das alte Scheusal aus dem Weg und spielt die Unschuld vom Lande. Respekt, Respekt, Respekt!" Verstohlen schaute sie sich um, ob sie auch keiner gehört hatte, startete schließlich den Motor und rangierte aus der Parklücke. Wenig später schnurrte der kleine Opel über die kurvige Landstraße in Richtung Hüttenfeld. Links ragte die dunkle Silhouette des vorderen Odenwaldes mit der beleuchteten Starkenburg, rechts glommen die Lichter der Masten des Ami-Senders Radio Free Europe über dem Lampertheimer Wald. Etwas grummelte in ihrem Bauch herum wie ein unzufriedenes, sich windendes Tier. Neid? Unzufriedenheit? Hadern mit dem Schicksal, das ihr doch einst so wohlgesonnen war?

„Ha!", der Laut klang hart und böse in dem engen Gehäuse des alten Corsa. Doch gleich biss sie wieder die Zähne zusammen. Sie war doch selbst schuld, oder? Warum jagte sie ihren Lui nicht zum Teufel? Sie nannte ihren Mann Ludwig immer nur ihren Lui, wohl wissend, dass dieser Name in der Region auch als Umschreibung für Zuhälter gebräuchlich war. Warum? Weil sie abhängig war von dem Depp! Weil sie sich ihm seit damals mit Haut und Haaren ausgeliefert hatte. Sie war Apothekerin. Gewesen, lang ist's her. Wahrscheinlich würden sie ihren DDR-Abschluss hier sowieso nicht anerkennen. Er dagegen war schon immer einer gewesen, der aus dem letzten Dreck noch was gemacht hatte. Der ehemalige Vopo-Major und Olympiateilnehmer hatte seine dopingverseuchte Vergangenheit geschickt ausgeschlachtet. Hatte sich hingesetzt und ein Buch über die Praktiken der DDR-Sportfunktionäre zusammengeklaut, noch bevor alle Welt auf zu Guttenberg eingeschlagen hatte. Das krude Machwerk war zwar kein Erfolg, hatte ihm aber den Weg bereitet als Prediger für einen sauberen Sport. Als Ehrenprofessor der Kölner Sporthochschule begann er schließlich mit Seminaren und Trainingscamps richtig gutes Geld zu verdienen. Dazwischen trainierte er selbst wie ein Besessener, errang sämtliche Altersklassensiege bei Triathlon und Ironman-Veranstaltungen, sah ganz im Gegensatz zu ihr fantastisch aus und verachtete sie aus tiefstem Herzen.

Es war kurz vor 22.00 Uhr, als sie nach der Autobahnbrücke auf den dunklen Waldparkplatz fuhr und schluchzend über dem Lenkrad zusammensank. Bilder tauchten vor ihrem inneren Auge auf. Bilder einer längst vergangenen Zeit ...

Moskau, Sommer 1980. Das Meer der schwarz-rotgoldenen Fähnchen wogte, die Zuschauer skandierten ihren Namen, doch von all dem bekam sie nichts mit. Ihre Arme peitschten das Wasser, ihre Muskeln brannten, als flösse flüssiges Feuer anstelle von Blut in ihnen, ihre Beine strampelten ihren eigenen Rhythmus, antrainiert in Jahren voller Entbehrungen, voller Verzicht und voller Drill. Deutsche-Drill-Republik hatte mal eine Kameradin im Jugendkader gescherzt. Bereits am nächsten Tag war sie nicht mehr da, ihr Spind ausgeräumt, ihr Bild im Gruppenraum verschwunden.

Maurizia hatte niemals gescherzt. Für das unscheinbare Mädchen mit der Knubbelnase gab es nichts Ernsteres als den Sport. Olympia hatte ihr der Vater, ein hochdekorierter ehemaliger Kampfschwimmer der NVA, bereits an der Wiege prophezeit. „Olympia heißt dein Ziel, meine Kleine“. Es war ihm nicht vergönnt, die Qualifikation seiner einzigen Tochter mitzuerleben. Er starb vier Jahre zuvor an Krebs, dem auch die beste und fortschrittlichste aller deutschen Republiken nichts entgegenzusetzen hatte. Doch sein Tod hatte aus der mehr pflichtbewussten als begeisterten Leistungsschwimmerin eine fanatische Kämpferin gemacht. Von nun an trainierte sie nur noch für ihren Vater. In jeder Silhouette mit Hut, die sie verschwommen zwischen Funktionären und Kampfrichtern sah, glaubte sie, den Mann mit dem ernsten dunklen Gesicht zu erkennen, der ihr stumm zunickte. Es war dieses Nicken, welches für sie der Gipfel an väterlicher Zuneigung gewesen war. Mehr gab es nie. Nur dieses Pokerface-Nicken, doch sie verkaufte ihre ganze Jugend an diese dürre Geste.

Ihr Atem ging stoßweise. Exakt im Rhythmus des Auf- und Abtauchens. Sie schrie beim Ausatmen unter Wasser. Ein Trick, den ihr der Vater beigebracht hatte. So presste sie auch noch das letzte Quäntchen Atemluft heraus, schuf Platz für neue, sauerstoffreiche Labsal für ihre gepeinigten Lungen. Noch zwei Stöße, einmal, zweimal ... die blaue Wand mit dem dunklen Strich! Sie schlug an, tauchte auf, bebend, zitternd, Sterne und Kreise vor den Augen. Die Tafel! Die Anzeigetafel! Warum hielt sie nicht still, warum war sie kaum zu erkennen? Da, jetzt! Oh nein! Maurizia Raab, GDR, Platz 4. Die Decke der Schwimmhalle kam auf sie zu, schnell wie ein herabsausender Hammer, die bunten Sterne wurden schwarz, sie spürte nicht mehr, wie starke Arme sie packten und aus dem Wasser zerrten, hörte nicht, wie der Mann ihren Namen rief, sie auf die Wangen schlug, versank in gnädige Ohnmacht.

Als sie eine Woche später im Sportteil der Kuesköthener Völkischen Nachrichten stolz als „unsere erfolgreiche Olympionikin“ bezeichnet wurde, die Kuesköthen zum Dorf mit Weltniveau kürte, und die gemeinsam mit ihren Kameradinnen als sozialistische Speerspitze den degenerierten Klassenfeind ins Nichts geschleudert hatte, war das nur ein schwacher Trost. Immerhin belegten die drei Plätze vor ihr auch allesamt DDR-Schwimmerinnen. Im November war ein Empfang im Palast der Republik in der Hauptstadt anberaumt worden. Der Genosse Staatsratsvorsitzende würde ihr die Hand schütteln. Tolle Wurst. Doch das sagte sie nicht laut. Sie dachte es nur, und das auch nur ganz, ganz leise.

Ein Jahr später wurde ihr im Zuge des Dopingskandals, der die Mannschaften der DDR erschütterte, der vierte Platz offiziell aberkannt, ihr Trainer verhaftet und sie erfuhr, dass die Aufbauspritzen und die Nahrungsergänzungsmittel aus der sowjetischen Bruderrepublik direkt aus den Versuchstierlabors auf der Halbinsel Kamtschatka an die Sportler weitergereicht worden waren. Die Bisamratten und Meerschweinchen hatten alles gut vertragen, zeigten enormen Muskelzuwachs und benötigten so gut wie keinen Schlaf mehr. Später, als sie schon einige Jahre im Westen lebte, las sie in einem populärwissenschaftlichen Magazin, dass die Tiere im letzten Drittel ihres Lebens rapide zunahmen, bis sie von ihrem eigenen Körperfett erstickt wurden. Niemand wusste, was das Zeug beim Menschen anrichten würde und Maurizia wusste ja noch nicht einmal sicher, ob ihr damals auch tatsächlich genau dieses Teufelszeug untergejubelt wurde. Aber seit sie den Sport aufgegeben hatte, wurde sie immer dicker ...

Zunächst entwickelte sie sich von der schlanken Sportlerin mit dem breiten Kreuz und den ansehnlichen Oberarmen zu einer Kurvenschönheit, wie einst die Pin-up-Girls der Fünfziger. Das war auch die Zeit, in der sie ihren späteren Mann kennenlernte, den Major der Volkspolizei Ludwig Klawuttke. Doch blieb es nicht bei den attraktiven Rundungen. Trotz Zurückhaltung beim Essen, eingeschränktem Alkoholkonsum und täglicher Gymnastik ging Maurizia auf wie ein Hefeteig. Alle Beteuerungen gegenüber ihrem Mann wurden verächtlich abgewehrt. Er äße wie ein Scheunendrescher, tränke Bier und Wein und wär trotzdem ein durchtrainierter, gut gebauter Kerl, sagte er immer. Sie solle sich eben noch mehr bewegen. Schließlich begann sie mit Nordic-Walking. Joggen verbot sich aufgrund ihres mittlerweile enormen Gewichts. Zu Anfang trabte ihr Mann neben ihr her wie ein Drill-Sergeant, der einen besonders faulen Rekruten anfeuert. Das war das Schlimmste. Wenn sie schwer atmend und schweißgebadet, ihre Stöcke hinter sich herziehend, durch den Wald stapfte und Ludwig, ohne auch nur angestrengt zu atmen, pausenlos Durchhalteparolen predigend, federnden Schrittes an ihrer Seite schwebte. Nach zwei Tagen gab er es auf und einen Tag später tat sie es ihm nach.

Er verlegte sich nun auf psychologische Kriegführung, nannte sie nur noch Fettarsch oder Pummelchen, schnitt Artikel über Magenbandoperationen aus Zeitschriften aus und nahm sie nicht mehr mit, wenn er in der Nähe Vorträge hielt„Wie sieht das denn aus, wenn so ein Trümmer neben mir herwackelt“, pflegte er zu sagen, „ganz schlecht für mein Image!“ Dann war dieser Artikel in der Zeitschrift Triathlon-World erschienen. Ein Bericht über die unglaubliche Karriere dieses Ex-Vopos. Mit Bild des schönen Muskelmannes natürlich. Lachend, eine Medaille in die Kamera haltend und den anderen Arm um eine gertenschlanke, weißblonde Gazelle mit sehr großer „Ausstrahlung“ gelegt. Bildunterschrift: „Ausnahmeathlet Ludwig Klawuttke mit seiner Ehefrau Mauritia“ Frechheit! Noch nicht einmal den Namen konnten sie richtig schreiben!

Die Kleine hieß Cheyenne und Ludwig hatte Tränen gelacht, als sie ihm voller Empörung den Artikel vor die Nase gehalten hatte.

„Na und?“, hatte er gesagt, „Wenn sie dich mit mir fotografieren, brauchen sie 'ne Doppelseite. Weißt du, was das kostet?“ Sein Gelächter verfolgte sie bis ins Badezimmer, wo sie ihren Zorn und ihren Frust zusammen mit der großen Capricciosa mit Extra Zwiebel auskotzte. Immerhin. Fast schon Bulimie, oder? So ging das nun schon seit Jahren.

„Du musst ihm bloß mal zeigen, dass du ihn nicht brauchst“, hatte ihr Bernardine geraten, als sie ihr vor einigen Monaten einmal ihr Leid geklagt hatte.

„Hau ab und lass ihn in ein leeres Haus zurückkommen. Ich kenne das von Carlo. Ich sage dir: Der frisst dir dann aus der Hand.“ Sie hatte ihr sogar angeboten, in ihr Wochenendhaus im Odenwald zu ziehen, aber Maurizia hatte dankend abgelehnt. Die Vorstellung, dass Melonentitten-Cheyenne sich in ihrem Ehebett herumwälzte, war beängstigend. Sie wäre glatt in der Lage, einen Mord zu begehen ...

Einen Mord. Mehr als einmal war ihr diese Option in den Sinn gekommen, zumal Ludwig gut versichert war. Das Haus war ebenfalls bereits bezahlt. Der Vopo hatte es wirklich geschafft. Der einstige glühende Verehrer des real existierenden Sozialismus hatte das kapitalistische System in Schallgeschwindigkeit adaptiert. Sie hätte ausgesorgt, keine finanziellen Probleme, könnte zum Fettabsaugen gehen, teure Abnehmpillen kaufen und Sahnetorte ohne hämische Bemerkungen vertilgen. Der Lui musste nur weg. Die Triathlon-Welt samt aller Cheyennes, Mandys, Chantals und Jaquelines würde zusehen müssen, wie sie ohne Speedy-Klawuttke auskäme.

Als sie den Motor ihres Autos wieder startete, waren die Tränen getrocknet, die Übelkeit gewichen und ein grimmiges Lächeln spielte um ihre Mundwinkel. Sie war Apothekerin gewesen. Damals in der „Dädaär". Sie war auch Sportlerin gewesen. Olympiateilnehmerin eines Staates, der schon 12-jährigen Schulsportlerinnen Substanzen verabreichte, von denen die Radprofis der Tour de France immer noch träumten. Wie hieß das Zeug noch mal? Beta ... Beta ... Betamin-X-Tramagol! Ein wahrer Raketentreibstoff. Allerdings durfte der Proband in den letzten drei Jahren auf keinen Fall das ebenfalls sehr beliebte Magnuphyllium genommen haben, welches sich für immer und ewig im Körper anreicherte und in Verbindung mit Beta-X, wie das Zeug im Sportlerjargon genannt wurde, absolut toxisch wirkte. Der oder die Bedauernswerte würde beim nächsten Wettkampf zu ungeahnter Form auflaufen und nach wenigen Minuten an plötzlichem Herzstillstand sterben. Der Clou: Beide Substanzen waren mit herkömmlichen Methoden nicht nachzuweisen. Armer Lance Armstrong, dachte Maurizia. Auf der falschen Seite der Welt geboren. Es war doch nicht alles schlecht, was aus dem Osten kam ...

Ludwig war ein Magnuphyllium-Junkie. Schon immer gewesen. Brauchte sie nur noch eine kleine Menge Beta-X. Was machten eigentlich die lieben Quiltfreundinnen aus der Vorpommerschen Quilt- und Patchwork-Gilde? So liebe und begabte Mädels. Man müsste sich mal wieder melden bei denen ... schließlich soll doch zusammenwachsen, was zusammen gehört, oder? Liebe kleine Josefa: Was du kannst, kann die alte Maurizia schon lange! Sie kicherte und trat aufs Gaspedal. Der Blitzer am Ortseingang von Neuschloss lieferte ein gestochen scharfes Bild einer bestens gelaunten Raserin.

September 2011: 38. BMW Berlin-Marathon, Kilometer 36. Der Streckensprecher überschlug sich fast: „Eine Sensation! So etwas hat es seit Bestehen des Hauptstadt-Marathons nicht gegeben: Ein Außenseiter, einer, der zwar in den bundesdeutschen Ranglisten unter den Top 20 rangiert, bisher aber gegen die etablierte afrikanische Konkurrenz niemals etwas ausrichten konnte, schickt sich an, aus dem Windschatten des Spitzenläufers Patrick Makau auszuscheren und ja! Er greift Makau an, ist jetzt auf gleicher Höhe mit dem drahtigen Kenianer! Sekundenlang fliegen beide Läufer nebeneinander her. Makau wirkt kurz irritiert, wirft einen hastigen Blick zur Seite, kann nicht glauben, was er da sieht, niemand kann es glauben, niemand unter den 200.000 Zuschauern und niemand zu Hause vor den Fernsehschirmen. Meine Damen und Herren, hier geht es nicht mit rechten Dingen zu, wenn Sie mir diese Bemerkung gestatten, so etwas gibt es nicht, hat es nie gegeben! Soeben erhalte ich die Daten über diesen Fabelläufer, und ich kann es nicht glauben, was hier steht, ich kann es nicht glauben, liebe Sportfreunde: Der Mann mit der Startnummer 1044 ist der 58-jährige Ludwig Klawuttke, ein Triathlet, bekannt durch Funk und Fernsehen, der Doktor Triathlon, der diese Sportart zu einem Volkssport gemacht hat. Schauen Sie sich diesen Mann an! Schauen Sie, wie der läuft, wie der rennt! Jetzt hat er Makau niedergerungen, hat bereits sichtbar Vorsprung auf den nun sichtlich wütenden Favoriten und Makau legt noch einen drauf, setzt an zum Sprint, zu früh, viel zu früh! Die beiden verbrennen sich so weit vor dem Ziel, das kann ins Auge gehen, aber das hier ist ein Zweikampf, ein Zweikampf wie einst in der Arena der Gladiatoren. Hier zählt nicht mehr die Taktik, hier regiert das Adrenalin! Das Publikum tobt, zusammen mit den beiden Wahnsinnsläufern brandet eine Welle euphorischer Begeisterung die Strecke entlang. Das hat es in Berlin noch nie gegeben, das ist eine absolute Sensation!"

Maurizia löffelte die letzten Reste ihrer Baileys-Creme aus der Schüssel, ließ sich genießerisch die hauchdünne Zartbitterschokolade auf der Zunge zergehen und lehnte sich zufrieden in ihrem riesigen Massagesessel zurück. Sie saß schon seit über einer Stunde vor der Glotze und verfolgte die Live-Berichterstattung des Berlin-Marathons. Kurz flackerte Stolz in ihr auf. Stolz auf den muskulösen Mann im flammendroten Trikot, der gerade diesen schwarzen Suppenkasper zur Schnecke gemacht hatte. Gut sah er aus, ihr Lui. Sie war gespannt, wie lange es noch dauern würde ... Sie hatte mit sich selbst gewettet, dass es noch vor Kilometer 39 soweit wäre. Der Schampus stand schon bereit. Extra heute Morgen eingekauft. Nicht beim Discounter. Nein, diesmal nicht. Mist! Ausgerechnet jetzt musste sie auf die Toilette. Sie drückte die Pausetaste. Gelobt sei die moderne Technik. Als sie nach wenigen Minuten wieder das Wohnzimmer betrat, klingelte das Telefon in der Küche und kurz darauf auch ihr Handy. Sie verzog ärgerlich das Gesicht. Na klar. Stundenlang hockte sie da und glotzte diesen durchgeknallten Joggern zu und wenn sie einmal pissen ging ... Sie schaute auf das Display des Handys: ihre Schwester. Die dusslige Kuh, die das ganze Jahr über nichts von sich hören ließ. Sie ließ es klingeln. In der Küche hatte sich der Anrufbeantworter eingeschaltet und sie hörte die atemlose Stimme ihrer Schwiegermutter immer wieder „Geh ran, um Gottes willen, geh ran!" betteln.

„Heul doch", knurrte Maurizia, hockte sich wieder in den Sessel und drückte auf Wiedergabe. Der Drecksack! Hatte er doch gewartet, bis sie auf dem Klo saß. Das sah ihm wieder ähnlich. Gemein bis in den Tod. Ungerührt schaute sie zu, wie ihr Lui den Vorsprung auf den Kenianer immer weiter ausbaute, hörte das ungläubige Geschrei des Streckensprechers und das Toben der Massen wie durch Watte hindurch. Sie war wohl die Erste, die den Beginn des Desasters registrierte. Aber Mist, das war ja jetzt nicht mehr live, verdammt! Sie sah, wie der Rhythmus seiner wirbelnden Beine sich veränderte, sah das zuerst unmerkliche Taumeln, hörte das entsetzte Aufschreien, als er in den Knien einknickte, sah den Kenianer wie einen Schatten vorbei huschen, die Arme hochgerissen, als sei er bereits am Ziel. Dann lag da ein zuckender Körper auf der Straße. Ihr Lui. Funktionäre, Streckenposten, Securities eilten herbei, umringten den mittlerweile bewegungslosen Ludwig Klawuttke. Ein Notarzt in grellgelber Einsatzjacke klappte seinen Koffer auf, während der Sprecher nur noch Worte wie „tragisch“, „Katastrophe“, „Schicksal“ und idiotische erste Analysen von sich gab. Als Polizisten Planen hochhielten, um Kameras und Gaffer von dem Drama auszuschließen, erhob sie sich ächzend und schlurfte zum Kühlschrank. Das Telefon klingelte erneut. Sie zog den Stecker, schaltete das ebenfalls wieder dudelnde Handy aus und saute fast die komplette Küche mit dem überschäumenden Champagner ein. „Fast so wie bei der Formel 1“, dachte sie und füllte eine der sonst nie benutzten Sektschalen.

„Prost Lui“, rief sie laut, „mögen dir sieben Cheyennes im Jenseits auf den Wecker fallen!“

„Gift: die bevorzugte Waffe der Frauen - Es weckt die Kinder nicht auf.“

Nika Hemmig

Montags im Stoff-Stübchen

„Wann ist denn die Beerdigung?“, fragte Bernardine, nachdem sie Maurizia ihr Beileid ausgesprochen hatte. Auch die anderen Quilterinnen umarmten ihre Freundin und drückten ihr verstohlen Kuverts mit kleineren Geldbeträgen in die Hand.

„Am Mittwoch. Es wird wohl ein Riesenspektakel werden und ich überleg mir noch, ob ich da wirklich hingehe. Wenn die Tittenbrigade im Chor heult, möchte ich nicht in der Nähe sein.“

„Der Berliner Innensenator hat ihm posthum eine Ehrenmedaille verliehen, weil er kurzzeitig den späteren Sieger überholt hatte“, bemerkte Jule und schwenkte eine Ausgabe der BILD, auf der ein Archivbild von Ludwig auf der Titelseite prangte. Samt dem üblichen Silikonwunder im Arm, natürlich.

„Die sollen sie ihm am besten hinterher schmeißen, wenn er in die Grube fährt!“ antwortete Maurizia barsch.

„Maurizia, er war immerhin dein Mann!“, das war Nika. Logisch. Sie war auch die Einzige, der eine Träne über die Wange kullerte, als sie Maurizia umarmte.

„Was wirst du denn jetzt machen?“, fragte Josefa.

„Was ich mache? Ich geh’ aufs Amt, hol’ mir ein Dutzend Sterbeurkunden und schick sie an die Versicherungen. Dann lade ich euch alle ein aufs größte Quiltfestival des

Planeten, und jetzt ...“, sie machte eine gewichtige Pause, während die anderen noch überlegten, ob sie entsetzt tun oder verschwörerisch mitlachen sollten, „jetzt mache ich erst einmal einen hübschen kleinen Quilt ...“ Sie griff in ihren Korb und förderte eine ganze Menge bunter Stoffstreifen zutage.

„Was sind denn das für Streifen? Das wird aber so was richtig Quietschbuntes, oder?“, fragte Nika und musterte neugierig die farbenfrohen Stoffstreifen.

„Das sind alles Bänder vom Lui seinen Medaillen. Da mach ich ’nen schönen Mystery-Quilt draus und in die Mitte kommt die Startnummer, die er in Berlin getragen hat. Die habe ich schon angefordert bei denen.“ Betretenes Schweigen machte sich breit. Nika, Bernardine, Jule und Josefa waren von ihrer resoluten Kameradin schon einiges gewohnt, aber das jetzt ...

Nika schniefte und sprach als Erste, „Wirst du damit denn fertig bis zum Mittwoch? Du willst ihm dass doch sicher auf den Sarg legen, oder?“

„Bist du noch zu retten? Erstens werde ich damit bis Mittwoch im Leben nicht fertig, und zweitens hocke ich mich nicht tage- und wochenlang hin, damit das dann in der Erde verrottet. Das ist dem Lui sein Part. Nein, den Quilt häng ich mir aufs Klo, das hat auch ’ne Bedeutung, aber die verrat ich euch nicht.“ Sie lachte dreckig und alle anderen wären in diesem Augenblick überzeugt davon gewesen, dass sie mit Ludwigs Tod etwas zu tun hatte, wäre sie nicht zu Hause in Lampertheim vor dem Fernseher gesessen, als es passierte. Trotzdem, wenigstens einen kleinen heuchlerischen Anschein von Trauer hätte sie ruhig zeigen können.

„Also, ich geh zur Beerdigung, schon allein um mir die Boxenluder anzuschauen“, verkündete Jule mit ihrer Reibeisenstimme, „vielleicht kann mir die eine oder andere noch einen guten Chirurgen empfehlen, ich hab nämlich das Gefühl, die Schwerkraft gibt nicht auf.“ Grinsend deutete sie auf ihre gewaltige Oberweite. „Außerdem haben wir ja mittlerweile Übung im Beerdigen von Ehemännern.“

„Jule!“ Nika schaute ihre Freundin strafend an, doch in ihren großen Augen glomm ein heimlicher Funken mit, der Jules Worte bekräftigte.

Vor zwei Wochen waren sie alle auf der Beisetzung von Bodo Bollmann gewesen. Seine Kumpels, zum Teil schon beträchtlich angeschickert, hatten eine Kutte mit dem Harley-Emblem auf dem Rücken auf den Sarg gelegt. Josefa nahm ungerührt die Beileidsbekundungen aller möglichen Menschen entgegen, Bernardine trauerte würdevoll in aller Stille, Maurizia putzte sich während des Vaterunsers laut trompetend die Nase, Jule musterte bewundernd die kräftigen Burschen vom Schlachthof und Nika heulte, weil sie auf Beerdigungen und Hochzeiten immer heulte.

„Wenn das so weitergeht, dann treffen wir uns öfter auf Friedhöfen, als hier zum Quilten“, bemerkte Bernardine.

„Wie meinst du das, wenn das so weitergeht? Hast du deinen Carlo etwa satt?“ Maurizias kleine Äuglein funkelten unternehmungslustig.

„Wie kommst du denn darauf? Carlo ist ein absoluter Traummann, einen besseren gibt es auf der ganzen Welt nicht!“ Das Gelächter der Quilterinnen war mindestens drei Blocks weit zu hören, wussten doch alle Bescheid über die Eskapaden des „lieben“ Carlo und sein Verständnis von Treue und Ehrlichkeit.

„Der perfekte Mord ist der goldene Faden
im Quilt unseres Daseins.“
Maurizia Klawuttke

Bernardine

1963 - Spätherbst an der Cote d'Azur. Die Luft war purer Süden: Eukalyptus, Lavendel, Holzfeuer. Die Küstenstraße, eingezwängt zwischen Gebirge und Eisenbahn. Nach der Kurve bot sich ihr ein Panorama in warmen Ocker- und Blautönen: Cap Ferrat. Pinien, herrschaftliche Villen, pompöse Yachten auf blaugrünem Wasser. Das Sägen der Grillen übertönte sogar das Brummen ihres kleinen Cabrios. Noch zwei Tage. Zwei Tage im Paradies, bevor sie wieder in den nasskalten Norden musste. Sie ging vom Gas, als sie weit voraus einen Wagen stehen sah. Hier gab es keinen Seitenstreifen und das Auto stand merkwürdig schief. Reifenpanne. Ein Mann in weißem Leinenanzug mit breitkrempigem Borsalino stand daneben und winkte unbeholfen den Verkehr vorbei. Sie ließ einen Lieferwagen und zwei Pkw passieren, bevor sie selbst an dem Havaristen vorbeizog.

Der Mann war einfach zu schön. Zu schön, um hetero zu sein, dachte sie kurz, bevor sie auf die Bremsen ihres Renault Floride trat. Zu schön, um vorbeizufahren ...

Sie parkte dicht an der aus mächtigen Natursteinen gemauerten Steilwand, welche die Straße vor Steinschlag schützte, zog ihr seidenes Kopftuch fester und rückte die riesige Sonnenbrille zurecht. Das Kennzeichen an dem schicken Iso Rivolta begann mit MI. Milano. Kein Wunder.

Schöner reicher Itaker mit zwei linken manikürten Händen sucht Mechanikerin, späteres Flachlegen möglich. Mamma mia! „Na wenn schon", dachte sie. „Zwei Tage! Nur noch zwei Tage bis zur grauen Stadt im grauen Regen voller grauer Menschen. Hier scheint die Sonne und so dämlich wie der ist, macht er wenigstens keine Ölflecken an meine Wäsche."

Der Mann mit dem Hut winkte hektisch einen qualmenden Reisebus vorbei und bemerkte sie zunächst gar nicht. Als er sich schließlich umdrehte, breitete er spontan die Arme aus, grinste, wie es nur Milanesen können, und wurde beinahe von einem Kieslaster überfahren. Er überschüttete sie mit einem Wortschwall, welcher zwei Drittel aller jeweils heilig gesprochenen Italiener beinhaltete, koppelte ohne Punkt und Komma übelste Verwünschungen daran, und deutete auf den platten rechten Vorderreifen seiner Balzkarosse. Die Hände waren ein Gedicht. Feingliedrig, fast weiß, mit perfekt gefeilten Nägeln und sauber enthaart. Enthaart! Das Schicksal wusste natürlich, dass Bernardine behaarte Hände hasste wie sonst was. Chirurg? Pianist? Gynäkologe? Oh Gott! Der Mann verstummte, als sie in breitestem napoletanischem Dialekt antwortete, den Wagenheber, den er (oh Wunder!) gefunden und bereitgelegt hatte, ergriff und innerhalb von zehn Minuten den Wagen wieder flottgemacht hatte.

„Hundert Kilometer: nachziehen!", befahl sie und reichte ihm das Werkzeug. Ein Kleinlaster mit einer Horde Bauarbeiter auf der Ladefläche rollte vorbei, und das Pfeifen und Grölen übertönte die Dankesschwüre des Mailänders. Er zückte eine schweinslederne Brieftasche und parierte den

Medusenblick seiner Helferin geschickt, indem er eine Visitenkarte daraus hervorzog und ihr mit übertriebener Geste reichte.

Carlo Sambucco. Opernsänger. Tenor. Immerhin. Kein Gynäkologe. Er sei ihr nun etwas schuldig, sagte er, und seine Augen blitzten unternehmungslustig.

„Singen Sie mir was vor!“, rief sie lachend, schon halb im Gehen. Was dann kam, ließ sie verblüfft innehalten: Eine Hand auf der Motorhaube des Coupés, die andere auf dem Herzen, schmetterte der Mann im weißen Anzug die Arie „La donna è mobile“ aus Rigoletto mit solcher Inbrunst, dass Bernardine schon befürchtete, die Mauer könnte bröckeln und ein Felssturz sie alle unter sich begraben. Der Verkehr war zwischenzeitlich völlig zum Erliegen gekommen und aus einem kleinen klapprigen Kühllaster sprangen zwei Metzgergesellen und stimmten laut mit ein. Zwei Tage! Bernardine kannte die Männer. Oh, und ob! Aber das da musste einfach belohnt werden! Schwer atmend, die Arme ausgebreitet und mit geschlossenen Augen lauschte der Sänger den letzten verwehenden Tönen hinterher, als sie sich ihm an den Hals warf. Ein Kuss, den selbst Hollywood-Regisseure übertrieben gefunden hätten, folgte und führte zu tosendem Applaus der Umstehenden, untermalt vom ausdauernden Hupen der weiter hinten im Stau steckenden Ungeduldigen.

Was danach kam, war (fast) ein Märchen: Die graue Stadt sah Bernardine ein letztes Mal, nur um rasch ein paar Habseligkeiten aus ihrer möblierten Einzimmerwohnung zu holen, ihren Job in der Lohnbuchhaltung einer Industrieweberei zu kündigen und zu ihrem Rigoletto zu ziehen. Der allerdings weder in der Scala, noch in Verona sang, sondern in einem heruntergekommenen Varieté in der Zona Tortona, wo das Publikum unter Abendgarderobe ein frisches Feinrippunterhemd verstand und schon mal leere Bierflaschen anstatt Rosen auf die Bühne geworfen wurden. Der Iso Rivolta war geliehen, Il Tenore bevorzugte Lambretta. Das Loch, in dem sie hausten, war das ehemalige Stofflager einer alten Textilfabrik. Das Büro des Verwalters hatte Carlo in ein Wohn- und ein Schlafzimmer geteilt. Die Küche war eine verbeulte Spüle und ein Gasherd, auf dem sich wohl noch die Schergen des Duce Spiegeleier gebraten hatte. Dafür hatten sie das mit Abstand größte Badezimmer von ganz Mailand: Der Waschraum der Arbeiterinnen lag gleich nebenan. Das Warmwasser wurde von einem gewaltigen Boiler geheizt, der glücklicherweise mit Holz befeuert wurde. Ein Palast, wenn man es durch die Brille stürmischer Verliebtheit betrachtete. Auf den rostigen Eisenregalen in der Halle lagen unter einer dicken Staubdecke noch einige Stoffballen. Im angrenzenden Nähsaal standen noch zwei alte Necchi-Nähmaschinen. Bernardine, deren verstorbene Mutter begeisterte Quilterin gewesen war, hatte schon als kleines Mädchen Gefallen am Umgang mit Stoffen gefunden, und schon bald klapperte eine der robusten Industrienähmaschinen fast jede Nacht. Tagsüber putzte sie das Varietétheater, abends stand sie im Foyer an der Theke und nachts zauberte sie aus den alten Lumpen die herrlichsten Quilts, während Carlo Sambucco, der niemals aufgehört hatte, von einer Karriere in der Scala zu träumen, die blinden Drahtglasfenster der Fabrikhalle mit dem Vermächtnis sämtlicher großer Komponisten anbrüllte. Dazwischen liebten sie sich in dem großen Eisenbett mit den durchhängenden Matratzen, welches so erbarmungswürdig quietschte, dass die beiden froh sein konnten, keine unmittelbaren Nachbarn zu haben.

Bernardine, ausgestattet mit der riesengroßen pinkfarbenen Brille der Liebe, lebte sich in der trostlosen Umgebung rasch ein, genoss die überschwänglich vorgebrachte Bewunderung fast sämtlicher Männer des Stadtteils, den Stolz ihres Galans und interpretierte die schleimige Verehrung des Tenore als Ausdruck seiner großen Liebe. Drei Monate später wurde geheiratet. Der wie stets vom ausgiebigen Verkosten des Messweins angetüdelte Monsignore Michelangelo Barricchelo di Pomodoro traute das glückliche Paar in der baufälligen, von Plakaten der kommunistischen Partei zusammengehaltenen Kirche der fetten Madonna, die ihren Namen von der Madonnenstatue des ebenfalls legendär trinkfesten örtlichen Bildhauers Salvatore Aperole bekam, dem seine Frau dafür Modell gestanden hatte. Don Barrichelo lallte zunächst die falschen Namen, korrigierte sich aber rasch, als lautes Pfeifen und Buhrufe aus dem Kreis der Hochzeitsgesellschaft ihn auf seinen Fauxpas aufmerksam machten. Die anschließende Feier im Hof der alten Stofffabrik endete frühmorgens in einer der traditionellen ortsüblichen Massenschlägereien, deren Lärm sogar das Quietschen des alten Eisenbettes übertönte. Darin war der ebenso stolze wie besoffene Bräutigam mit der pummeligen Tochter des Kirchendieners zugange, während seine frisch angetraute Braut aufgeschlagene Knöchel verband, Risswunden mit Grappa desinfizierte und Eisbeutel auf geschwollenen Visagen legte. Als die Sonne sich über die graubraunen Dunstschleier aus den Fabrikschloten erhob, verbrüderten sich die letzten Streithähne, begossen die Liebe ein letztes Mal und trollten sich grölend nach Hause, während die dralle Kirchendienerstochter ihre Korsage richtete und den laut schnarchenden Tenore noch fürsorglich zudeckte, ehe sie sich durch den Hinterausgang davonmachte.

Jeder im Viertel und mindestens die halbe Einwohnerschaft Mailands wusste natürlich, dass der verliebte Tenore ein Schwerenöter war, der gegen die von ihm selbst so bezeichnete „weibliche Bedrohung" absolut machtlos war. Jeder! Außer Bernardine. Die mehrmals in der Woche stattfindenden nächtlichen Abwesenheiten des Gatten erklärte dieser mit Besuchen bei seiner großen Verwandtschaft, welche sie ja schon auf der Hochzeit zumindest teilweise kennengelernt hatte. Unter anderem waren das Onkel Lucio mit seiner vierten Ehefrau, deren fünf Töchter, der gerade aus dem Gefängnis entlassene, ausgemergelte Cousin Marcello, sowie eine große Schar attraktiver Frauen zwischen zwanzig und fünfzig Jahren, die um die Wette schnieften und schluchzten, sich gegenseitig bitterböse und verächtliche Blicke zuwarfen und sich relativ zügig wieder verabschiedeten. Cousinen, Nichten, Tanten erklärte der Bräutigam mit unstetem Blick und angespannter Haltung, während er seiner Frau rasch ein frisches Glas Wein reichte Bernardine, die wohl wusste, dass Italiener die Ideale der Familie über alles stellten, hatte Verständnis für das soziale Verhalten ihres Carlo, fragte nicht groß nach und freute sich stattdessen über die Ruhe im Haus, so dass sie sich auf ihre Quilts konzentrieren konnte.

So ging das Leben seinen Gang. Drei Jahre lang ... dann, im Frühjahr 1967, brannte das Varieté bis auf die mürben Grundmauern nieder. Glücklicherweise hatte Don Filippo, der Besitzer, alle wichtigen Dokumente schon am Tag zuvor außer Haus gebracht, da eine Renovierung bevorstand. Auch der Iso Rivolta stand „zufällig“ gerade in der Werkstatt eines Freundes und nicht in der Remise im Hinterhof.

Die Sonne schien auf die schwelenden Trümmer des Varietés, als sich am nächsten Morgen Stammgäste, Angestellte und Künstler, sowie der untröstliche Impressario Don Filippo samt seiner breithüftigen damenbärtigen Sophia zum gemeinsamen Heulen und Zähneklappern versammelten. Don Filippo verteilte Bier und Lambrusco an die Männer der Brandwache, den kargen Restlohn (der Tresor war auch am Vorabend geleert worden) an seine Angestellten und die Aufhebungsverträge an die kleine Künstlerschar.

Arbeitslos. Von heute auf morgen. Die folgenden Tage begleitete Bernardine ihren Carlo auf den schweren Pfaden zu Ämtern und Dienststellen, wühlte sich durch die Zeitungen der Stadt auf der Suche nach Arbeit und klapperte die Umgebung nach Putzstellen oder Aushilfstätigkeiten ab. Die Wohnung in der alten Fabrik mussten sie zum Ende des Monats räumen. Sie gehörte dem Bruder Don Filippos, der sich natürlich ausrechnen konnte, dass die Mieter demnächst um Zahlungsaufschub bitten würden.

Carlo war jetzt viel öfter selbst nachts unterwegs. Unermüdlich setzte er seine gesamte Energie dafür ein, eine neue Stelle als Sänger, Alleinunterhalter, Conférencier oder Fremdenführer zu finden. Bernardine fand das sehr rührend und tröstete ihren Mann, wenn der vor Tag und Tau müde, abgekämpft und mit zerknitterter Kleidung nach Hause kam, kochte ihm Kaffee, bereitete ein karges Frühstück und hatte Verständnis, dass er selbst für die Liebe zu ermattet war.

Dann hatte das Schicksal ein Einsehen: Die Zeitung brachte auf der Titelseite einen Aufruf: Deutschland sucht Gastarbeiter, vornehmlich aus Italien!

Eine Woche später standen die beiden mit zwei Pappkoffern, gemeinsam mit gefühlten Hunderttausend anderen, auf dem Bahnsteig der Stazione Milano Centrale und warteten auf den D-Zug nach München. Dort hatte der Tenore einen Vetter dritten Grades, der bei Krauss Maffei am Fließband arbeitete, und der ihm einen Termin beim Personalchef arrangiert hatte. Bernardines Befürchtungen, dass eine solche Arbeit nichts für den sensiblen Künstler wäre, bestätigten sich schon nach wenigen Wochen. Auch hatte man immer noch keine Wohnung gefunden. Sie hausten in einer winzigen Kammer bei dem Vetter und seinem zänkischen Weib zur Untermiete. Der Vetter, Vittorio Montalbano, war es dann, der seine Verbindungen nach Baden spielen ließ und Carlo vorschlug bei Don Celestino di Rotolo vorzusprechen. Don Celestino betrieb das renommierteste Bestattungsinstitut Mannheims und suchte ständig Leute für das Waschen und Herrichten der Verstorbenen. So gelangte das Ehepaar Sambucco nach Nordbaden. Im benachbarten Lampertheim fand sich auf Vermittlung des neuen Patrons eine winzige Einzimmerwohnung in einem Haus, in dem außer ihnen noch vier weitere italienische Familien lebten. Die Bezahlung war angemessen und auch Bernardine fand Arbeit als Näherin in einer ortsansässigen Kleiderfabrik. Carlo tat sich zu Beginn etwas schwer mit der gewöhnungsbedürftigen Arbeit, freundete sich aber recht schnell mit der Nichte des Patrons an, die in der Buchhaltung arbeitete. Ja, Carlo machte seine Sache so gut, dass ihn Don Celestino zunächst sporadisch, später immer öfter im Kundenbereich einsetzte. Carlo, mit seinem attraktiven Äußeren, der gutturalen Stimme und dem Auftreten eines Marquis', passte gut zu dem elitären Laden des Don. In den Katakomben des Beerdigungsinstituts schließlich, wo die stumme „Kundschaft" darauf wartete, unter seinen Künstlerhänden zu einer Blüte zu gelangen, wie sie sonst noch nicht einmal im lebendigen Zustand erreicht worden war, schmetterte der Tenore seine Arien gegen die metallenen Türen der Kühlfächer, die gefliesten Wände und die kalten Steintische, auf denen die wächsernen Hüllen lagerten.

Ein Höhepunkt im Leben des Carlo Sambucco war zweifellos das tragische Ableben der gefeierten Starsopranistin des Mannheimer Nationaltheaters, Walburga Zehetschneider-Bergendonk, welche volltrunken in den Orchestergraben gestürzt war und vom Bogen eines Cellisten durchbohrt wurde. Ein wahrhaft dramatischer Abgang der walkürenhaften Matrone. Nun lag sie hier vor ihm auf dem Tisch. Gerade hatte er die hässliche Wunde in ihrer gewaltigen linken Brust provisorisch geflickt und betrachtete die furchteinflößende Menge toten Fleisches mit geziemender Ehrfurcht. Er sang ihr *Dies irae* aus Mozarts Requiem mit allem, was er zu geben hatte. Ein großer Tag für Carlo.

Einige Jahre später hatte ihn der betagte Patron zu sich gerufen, ihm die Betreuung der Hinterbliebenen anvertraut und zu seinem zweiten Geschäftsführer ernannt. Längst hatte das Haus seine Kundschaft auf den weiteren Umkreis der Rhein-Neckar-Region ausgedehnt und Don Celestino wusste sehr genau, wem er das zu verdanken hatte. Der charismatische Carlo brachte genau die richtige Mischung aus Demut und Läbbe-geht-weiter-Sichtweise an die verheulten Klienten, tröstete sie und schwatzte ihnen genauso salbungs- wie respektvoll die Kohle für die exklusivsten Sargmodelle und Ausstattungen aus den Taschen. Besonderes Talent bewies der „Dottore“, wie sein Spitzname im Institut lautete, im Umgang mit trauernden Witwen. Egal, ob diese dreißig, fünfzig oder gar siebzig Jahre alt waren, Dottore Carlo schleimte, hüstelte, säuselte und salbaderte sie allesamt in seine muskulösen sonnengebräunten Arme. Ja, eine grazile Witwe mit gewaltig toupierter lila Mähne ließ ihn sogar am Grab ihres lieben Verstorbenen das Largo aus Händels Xerxes singen. Fast wäre die komplette Trauergemeinde auf einer Tränenwelle davon geschwemmt worden. Am Tag vor der Beerdigung hatte sie ihn zur Probe geladen. Die Musikanlage stand im Schlafzimmer ...

Durch sein Engagement erklomm er rasch die Karriereleiter, wurde erst zweiter, dann erster Geschäftsführer und erklärte mit diesem Umstand auch die vielen Überstunden. Bernardine war’s zufrieden, hatten sie doch schon einige Zeit zuvor dem lauten Italienerhaus in Lampertheim den Rücken gekehrt und in Lorsch, einem kleinen Städtchen wenige Kilometer nordwestlich, ein schmuckes Häuschen in der Kirchstraße erworben. Hier verwirklichte Bernardine ihren lange gehegten Traum vom eigenen Geschäft. Das Stoffstübchen, nach eigener Aussage das kleinste Stofflädchen Deutschlands, zog rasch eine große

Schar von Stammkunden an, mauserte sich zum angesagten Kreativ-Treff für Quilterinnen und Patchworkfreundinnen. Vor acht Jahren zog schließlich Django, ein schwarzer Labradormischling, in den Haushalt der Sambuccos ein, was dem Tenore nicht immer Freude machte, pflegte der Hund doch seine Sangesübungen mit klagendem Geheul zu untermalen. Glücklicherweise war der Nachbar zur Linken taub und der zur Rechten tot, so dass außer Bernardine niemand etwas an der Geräuschkulisse auszusetzen hatte.

Mittlerweile schrieb man das Jahr 2012 und selbst die amtierende Verdrängungsweltmeisterin Bernardine musste endlich der Tatsache ins verlogene braune Italienerauge sehen, dass ihr Carlo noch nie ein Kind von Traurigkeit gewesen war. Es war zunächst nur ein Verdacht gewesen. Damals, als das Porsche-Cabrio vor dem Laden hielt und eine tadellos in Schuss gehaltene, aber mindestens dreimal generalüberholte alte Fregatte ausstieg, den Laden betrat und sogar Djangos Hundefürze mit ihrem schweren Parfüm neutralisierte. Es war dieser Duft. Ein Duft, den Bernardine nur zu gut kannte. Ein Duft, der seit einigen Wochen mit der Hartnäckigkeit von Bauschaum in Carlos Haar und an seinen Jacketts klebte.

„Isse eine neue Desinfektionsmittel, eh?“, erklärte der Dreckbacken ohne rot zu werden. „Cheffe hat eine ganze Zweihunderliterfass in die Keller. Alles magge voll damit! Die Türe, die Fenster, die Tote, alle!“ Sie hatte es geglaubt. So, wie sie immer alles geglaubt hatte, beziehungsweise hatte glauben wollen. Sie klammerte sich noch an den winzigsten Faden Realität in den abstrusen Lügenmärchen des Tenore, nur um nicht die Wahrheit akzeptieren zu müssen.

Eine Wahrheit, die gerade vor ihr im Stoff-Stübchen stand, abschätzende Blicke auf die Einrichtung, das Sortiment und besonders auf die Inhaberin warf und roch, als wäre das Zweihunderliterfass jetzt leer. Mit einem leichten Hüsteln ließ sie ihre wohlmodulierte Stimme erklingen.

„Ich suche ein Halstuch. Rohseide.Wenn möglich in Rot, so dass es zu dem Wagen passt.“

„Indischrot.“ Befriedigt registrierte Bernardine das Steigen einer Augenbraue, bis es von der botoxgestählten Stirn ausgebremst wurde. „Tut mir leid, dies ist ein Stoffladen, fertige Artikel führe ich nicht. Aber ich kann Ihnen gerne einen Meter Rohseide ordern. Ich habe einen zuverlässigen Agenten in Shanghai, direkt an der Quelle. Dreihundert und nur gegen Vorkasse.“ Bernardine warf ihren kompletten französischen Akzent ins Rennen. Der Agent existierte nur in ihrer Fantasie, genauso wie der Preis. Die Vorstellung, dass diese Schickse sich mit Nadel und Faden hinhocken würde, um dem lieben Carlo ein Halstuch zu nähen, brachte sie zum Grinsen, welches sie in ihr warmherzigstes Sie-sind-meine-Lieblingskundin-Lächeln konvertierte.

„Danke, ich überlege es mir. Einen schönen Tag noch. Netter Laden.“ Die Fregatte rauschte hinaus. Django im Hinterzimmer nieste. Bernardine schaute auf den gelben Aufkleber, der für die Kunden unsichtbar hinter der Kassentheke klebte: „Don’t like my Shop? Call 666 999 and eat shit.“ Als der indischrote Carrera heiser röhrend davon fuhr, öffnete sie die Ladentür und schob den abgewetzten Holzkeil darunter. Puh! Innerlich focht sie einen Kampf aus: Geschah dieses Schrapnell dem fiesen Carlo ganz recht oder sollte sie jetzt vor Frust und Scham in Tränen ausbrechen? Heulen? Wegen dem? Wegen der?

Niemals! Volle zehn Minuten stand sie in der Tür ihres winzigen Lädchens, ohne die vorbeifahrenden Autos, die Fußgänger, die Radfahrer wahrzunehmen. In ihrem Kopf verwandelten sich die dicken Mauern, die sie um die Realität aufgebaut hatte, in hauchdünnes Papier, welches vom Feuer der Erkenntnis in Minutenschnelle aufgefressen wurde. Alles quoll ungehemmt aus jahrelanger Isolation heraus und überschwemmte ihren Kopf: die Nichten, die Cousinen, die Tanten! Die unzähligen Morgen, in denen er in verknautschten Klamotten vor der Tür stand. Und dann: die Überstunden im Institut, die Anrufe, bei denen immer sofort aufgelegt wurde, wenn sie dran ging. Das Bauschaum-Parfüm ... Mit versteinerter Miene zog sie den Keil unter der Tür heraus, drehte das „Geöffnet“-Schild herum und schloss die Tür ab. Sie ging ins Hinterhaus, betrat die Küche und setzte die halbvolle Proseccoflasche an, bis sie husten musste. Der Husten trieb ihr die Tränen in die Augen. Sie ließ die Flasche achtlos fallen, wankte ins Schlafzimmer, ließ sich auf das Bett fallen und heulte eine Stunde lang in den farbenprächtigen Bargello-Quilt, der als Tagesdecke diente. Django räumte derweil den Kühlschrank aus, den sie offen gelassen hatte. Das Schwein! Nein, nicht Django. Ihr wisst schon.

Drei Stunden später wachte sie auf. Kopfschmerzen. Der linke Arm eingeschlafen, das Kreuz ... Im Mund hatte sie einen pelzigen Geschmack und im Ohr eine wohlvertraute Melodie: „La donna è mobile!“ Das Hoftor quietschte. „Qual piuma al vento!“ Der Motor seines Lancia brummte, als er in die Einfahrt rangierte. „Muta d'accento!" Die Tür klappte, seine Schritte knirschten auf dem buckligen Hofpflaster, „E di pensier. E di pensier, eeeeee di pensier!" Der Tenore verstummte abrupt, als er das Chaos in der Küche erblickte. Django lag in der Ecke und schnarchte, hatte er doch die Proseccopfütze mit der ihm eigenen Gründlichkeit beseitigt.

„E di pensier", dachte Bernardine voller Bitterkeit. Nein, ihre soeben gefasste Meinung würde sie ganz bestimmt nicht ändern. Sie stand auf, glättete den Quilt notdürftig und nahm das prächtig gerahmte Hochzeitsbild von der Wand. Ein Geschenk Don Filippos, der das schwüle Bildnis einer spärlich bekleideten Tänzerin, die bei ihm in Ungnade gefallen war, kurzerhand herausgerissen hatte und durch das züchtige Doppelporträt ersetzt hatte. Prachtvoll sahen sie aus: Anmutig und vornehm wie eine leibhaftige Marquesa lächelte Bernardine zurückhaltend, während Carlo herrisch über Schlachtfelder zu blicken schien, das Kinn vorgeschoben, die Schultern zurückgenommen, eine Hand besitzergreifend auf die Schulter seiner Gemahlin gelegt. Das wallende Brautkleid verbarg den Umstand, dass der Tenore auf einem Schemel stand. Sie hielt das Bild wie einen Schild umklammert, als sie ebenfalls die winzige Küche betrat.

Carlos Gesicht zerfloss vor falscher Freude, er breitete die Arme aus, wie einst auf der Straße bei Cap Ferrat und sank blutüberströmt zusammen als das schwere Bild auf seinem Charakterschädel zersplitterte. Aufjaulend stürmte Django aus dem Haus.

„No!“, keuchte er, als Bernardine sich die leere Proseccoflasche griff.

„No! Prego! No! Cara mia, no!“ Bernardine stand immer noch vor ihrem Mann, der sich zwischen Glassplittern, dem zerbrochenen Rahmen und der zerrissenen Pappe aufrappelte, während von der Platzwunde zwischen seinen Haaren weiter Blut tropfte. Sie ließ den hoch erhobenen Arm mit der schweren Flasche sinken.

„Raus“, zischte sie wie ein Trockeneissprühgerät. In der blutbeschmierten Visage von Carlo dominierten angstvoll aufgerissene Augen. Er kniete vor ihr, hob die ebenfalls besudelten Hände in angstvoller Geste und begann eine endlose Litanei altitalienischer Liebesschwüre zu stammeln. Ein Bild des Jammers. In sicherem Abstand hockte Django im Hof und beobachtete das Treiben durch die offene Tür.

„Raus oder ... !“ Bernardines heiseres Flüstern zeigte mehr Wirkung als jedes Gebrüll. Der Arm mit der Flasche hob sich in Zeitlupe. Carlos Blick suchte ihre Augen, fand sie und ein eisiger Schauer lief ihm über den Rücken. Hastig rappelte er sich auf, bewegte sich rückwärts auf die Tür zu und rüttelte an der klemmenden Fahrertür des Lancia.

„Bernardi...“ Ein letzter verzweifelter Versuch. Krachend fiel die Tür ins Schloss und Bernardine stürmte hinauf ins Schlafzimmer. Sie riss das Fenster auf. Es lag an der Straßenseite und Carlo hatte gerade seinen Wagen beim Rückwärtsfahren abgewürgt. Er schaute aus dem geöffneten Fahrerfenster und entdeckte sie.

„Bernardine, es ist nicht das, was du denkst!“ Sie schob die Schranktür auf, griff sich einen Arm voller Anzüge und schleuderte sie aus dem Fenster.

„Bernardine!“, heulte seine Stimme von unten. Da! Seine geliebten Mailänder Schuhe! Drei Kartons auf einmal folgten den Anzügen, einer traf das Dach des historischen Lancia Flavia Coupés, öffnete sich, und die edlen Treter kollerten auf die Straße, wo sie von einem gerade vorbeifahrenden Lieferwagen plattgefahren wurden. Carlo war mittlerweile ausgestiegen, taumelte mit seinem blutigen Zombiegesicht auf der Straße herum und versuchte, seine Garderobe zu retten. Die Mäntel! Einer der schwarzen Wollmäntel traf den Geschmähten, so dass er für wenige Augenblicke aussah wie ein schwarzer Geist ohne Kopf. Passanten blieben stehen und verfolgten das Drama. Ein paar Jugendliche feuerten Bernardine an und zückten ihre Handys, um die Show zu dokumentieren. Carlos Unterhosen flogen mitsamt der Schublade aus dem Fenster. Bernardine war wie im Rausch. Hüte, Stiefel, Krawatten, bündelweise Hemden. Der Schrank wurde immer leerer. Unten auf der Straße begannen die Zuschauer rhythmisch zu klatschen. Kein Auto kam mehr vorbei. Vor dem Stoffstübchen sah es aus, als sei ein Umzugslaster in die Luft geflogen. Die Menschen stoben auseinander, als Bernardine ins benachbarte Arbeitszimmer des Tenore ging, auch dort das Fenster öffnete und als erstes den Notenständer hinauswarf. Es folgten der Laptop, die Kameraausrüstung, die Pfeifensammlung, die schwere Messingschreibtischlampe und die Bücher. Das Bersten und Krachen war ohrenbetäubend und wurde nur vom jämmerlichen Geheul des Tenore übertönt. Erst als sich das Geräusch von Martinshörnern näherte, hielt sie erschöpft inne. Sie schloss die Fenster, ließ die Rollläden herunter, ging nach unten, holte den verängstigten Django ins Haus und schloss die Tür. Versteckt hinter Büchern hatte sie im Arbeitszimmer eine Flasche Glenfiddich entdeckt. Sie tätschelte Django, entkorkte die Flasche und prostete dem Hund zu.

„Auf unser neues Leben, mein Alter." Sie setzte die Flasche an und nahm einen tiefen Schluck. Sie musste weder husten, noch kamen ihr die Tränen. Sie genoss das Brennen der scharfen Flüssigkeit in ihrem Hals, schaute auf die blutbesudelten Trümmer des Hochzeitsbildes und verspürte eine tiefe innere Befriedigung. Sie lächelte, ignorierte das Klopfen und Sturmläuten an der Tür und ging in ihren kleinen Bauerngarten im hinteren Bereich des Grundstücks. Das Jammern des Tenore vermischte sich mit scharf klingenden Anweisungen der Ordnungshüter und ihr Lächeln wurde zum Grinsen, als sie sich vorstellte, wie der Arsch unter den Augen der Polizei die Straße von seinen Habseligkeiten befreite. Sie verbrachte den Abend mit Django und ihrem neuen schottischen Freund Glenfiddich und torkelte benommen ins Haus, als es gegen 22.00 Uhr empfindlich kühl wurde. Sie ging ins Bad, putzte sich halbherzig die Zähne, ließ ihre Kleidung liegen wie der letzte Junggeselle und ging zu Bett. Traumlos und schnarchend schlief sie bis in den nächsten Vormittag. Es war ein Feiertag. Der Laden konnte zu bleiben. Als sie die Augen öffnete, drang bereits helles Sonnenlicht durch die Ritzen des Rollladens und unten winselte Django, der dringend raus musste. Sie erhob sich mit brummendem Schädel und schlurfte nach unten. Sie öffnete einfach die Haustür und ließ den armen Hund in den Garten, was sonst nicht ihre Art war, aber heute war ein besonderer Tag. Nie traf der Spruch vom ersten

Tag des restlichen Lebens so ins Schwarze wie heute. Sie schaltete die Kaffeemaschine ein und ging wieder nach oben. Im Schlafzimmer stand immer noch der Schrank offen. Ein einziges Paar Filzpantoffeln drückte sich verschämt in eine Ecke und Bernardine ließ Gnade vor Recht ergehen. Immerhin hatte sie ziemlich große Füße für eine Frau und die Dinger würden sie sicherlich genauso wärmen wie den dreckigen Ehebrecher. Endlich wieder Platz im Kleiderschrank! Sie klappte den kleinen Tritt aus und kletterte darauf, um auch in den oberen Fächern die letzten Reste von Carlos Habe zu tilgen. Ganz hinten, da, wo er seine Sportsachen aufbewahrte, die er eher selten nutzte, stand ein flacher Karton. Sie musste sich strecken um ihn zu erreichen, aber schließlich gelang es ihr. Sie war überrascht, wie schwer der Karton war und stellte ihn aufs Bett. Ungläubig schaute sie auf den Stapel Papier, als sie den Deckel abhob. Ganz obenauf lag ein Foto, welches eine ungeheuer fette Frau zeigte, die den Arm um einen jungen Mann gelegt hatte, der unverkennbare Ähnlichkeit mit Carlo Sambucco aufwies: das gleiche volle Haar, das gleiche Grübchen am Kinn, das gleiche Lausbubenlächeln. Etwas Kaltes legte sich um ihr Herz. Mit bebenden Fingern holte sie große und kleine Kuverts, dünne Aktenordner und amtlich aussehende Dokumente aus dem Karton und breitete sie in unregelmäßigen Reihen auf dem Bett aus.

Nach fast einer Stunde bedauerte sie, dass sie ihren Mann davongejagt hatte. Es tat ihr leid, dass sie ihn mit dem Hochzeitsbild verletzt hatte und dass sie ihn mit der Proseccoflasche bedroht hatte. Schluchzend brach sie über dem Wust von Papieren und Fotos zusammen. Eine Kopfplatzwunde! Nur eine Kopfplatzwunde! Was für eine jämmerliche Bestrafung für solch ein durchtriebenes, verlogenes Miststück! Totgeschlagen gehörte der! Durchbohrt mit einer der Glasscherben des Bildes, den Schädel eingeschlagen mit der Flasche oder noch besser einer Axt. Das neue Brotmesser aus Keramik, das so leicht und elegant schnitt. Anstatt seiner Klamotten hätte sie seinen Kopf auf die Straße schleudern sollen. Tot! Er war tot! Niemals mehr würde sie ruhen, bis er endlich zur Hölle gefahren war!

„Der perfekte Mord verlangt Konzentration und Geschicklichkeit, genauso wie der perfekte Quilt."

Bernardine Sambucco

Montags im Stoffstübchen

„Abknallen." Bernardine schaute ihre Freundinnen an und wieder einmal sah sie aus wie eine edle Katze, welche abschätzend eine verängstigte Maus musterte. Sie hatte das Wort ganz ruhig und absolut emotionslos ausgesprochen, ganz so, als spräche sie über die richtige Technik beim Binding[3].

„Wie einfallslos", das war Maurizia, die schon ein gutes Stück ihres Medaillenquilts fertig gestellt hatte, „hast du denn überhaupt 'ne Wumme? Und wenn, kannst du damit umgehen ohne dir einen deiner sorgfältig lackierten Zehennägel wegzuschießen?"

„Du schaust dir einfach die falschen Filme an, meine Liebe", schaltete sich Jule ein und hustete ihr Kettenraucherhusten. „Kerle knallen einander ab. Frauen inszenieren einen natürlichen Tod, nicht wahr Maurischatzi?" Die Angesprochene stoppte ihre Nähmaschine und schaute Jule mit einem Blick an, der garantiert unters Waffengesetz fiel.

„Wie meinst du das denn?" Es klang wie das Zischen einer gereizten Puffotter.

„So wie ich es sage. Die Kriminalstatistik zeigt, dass Straftaten gegen das Leben und die körperliche Unversehrtheit zu 95% von Männern begangen werden. Was nichts anderes heißt, als dass Frauen subtiler vorgehen und

3 Anfertigung des Stoffrahmens um einen Quilt

daher auch deutlich seltener erwischt werden. Ich bin überzeugt davon, dass Weiber genau so oft morden wie Kerle, wenn nicht noch mehr."

„Recht hat sie", sagte Nika, „Mein Ernie lässt in seinen Büchern fast immer Frauen morden. Einmal hat er sogar eine seiner Mörderinnen eine ausgehungerte Ziege auf das Opfer hetzen lassen."

„Bäh, hör bloß auf, das hab ich gelesen, das war ja so was von eklig. Wenn du mich fragst, dein Ernie hat richtig einen an der Waffel, sich so was auszudenken!" Das war Josefa, die schon bei der Erwähnung von Fleisch und Blut Brechreiz bekam.

„Der hat sich das gar nicht ausgedacht ...", Nika vertiefte sich wieder in ihre Applikationen und lächelte zuckersüß.

„Hätt' ich mir ja denken können, dass so ein Schweinkram nur von dir kommen kann. So langsam wirst du mir richtig unheimlich, weißt du das?"

„Ich denk nur praktisch. So einer muss kein Geld kosten, der gehört weg und richtig aua soll es ruhig auch machen. Abknallen kann im Kino und im Fernsehen jeder Arsch, aber in der Realität ist das richtig kompliziert. Woher nimmst du 'ne Kanone? Woher die Munition? Jemanden zu erschießen, hinterlässt Spuren wie ein Schneepflug im Winter; die werden dich aufspüren und einbuchten. Kein Kerl ist so was wert, oder? Keiner!"

Alle nickten. Selten, dass der Quiltkreis einmal einer Meinung war.

Bernardine schüttelt resigniert den Kopf, „Das war mir halt grad so spontan eingefallen. Mauri hat recht, ich habe keine Pistole und falls doch, würde ich mir damit wahrscheinlich selber ein Loch in den Pelz brennen. Aber verdient hätte er's schon." Wieder zustimmendes Nicken. Ja, verdient hätte es der sangesfreudige italienische Schmierlappen allemal.

„Hetz doch die Mafia auf ihn", schlug Jule vor, „die erledigen das ratz-fatz, Pferdekopf aufs Kopfkissen und bumm!"

„DU schaust dir die falschen Filme an, nicht ich!", keifte Maurizia und wechselte den Fuß an ihrer Maschine.

„Blödsinn", entgegnete Jule und stieß eine Rauchwolke aus wie ein feuerspeiender Drache, „ich mein doch nur, dass sie sich jemanden für die Drecksarbeit suchen soll, so wie Josefa zum Beispiel ..."

„Waaas?", rief Josefa und riss die Augen weit auf, „ich habe mir niemanden für die Drecksarbeit ..., es war ein Unfall! Ein Unfall!" Entrüstet pfefferte sie ihre Arbeit auf den Tisch und stürzte an Jule vorbei in den Hof. Django trottete hinterher, wie um sie zu trösten. Bernardine bedachte Jule mit einem missbilligenden Blick.

„Jule, jetzt gehst du ihr bitte nach und entschuldigst dich, du Grobian." Brummend wie ein gereizter Grizzly erhob sich die Riesin und schob sich durch die Tür.

20.30 Uhr. Gerade war die letzte der Quilterinnen gegangen. Jule und Josefa hatten sich auch wieder vertragen und zusammen noch eine Flasche Prosecco geleert. Seufzend kehrte Bernardine die letzten Fäden und Schnipsel zusammen, rückte die Stühle zurecht und legte dem freudig hechelnden Django die Leine an.

„Lass uns noch mal um den Block gehen, alter Junge, das tut uns beiden gut, glaube ich.“

Abknallen war wirklich nicht die beste Lösung. Da hatten sie eigentlich recht. Aber was dann? Mafia klang gar nicht schlecht, zumal die Liquidation durch Ndrangheta oder Cosa Nostra bei Italienern fast schon als natürlicher Tod gesehen wurde. Dummerweise kannte sie weder einen gütigen Paten mit heiserer Stimme, noch einen durchgeknallten Luca Brasi. Gedankenverloren schlenderte sie durch die Straßen von Lorsch. Django stoppte vor einer Litfasssäule und hob das Bein. Bernardines Blick blieb an einem Plakat hängen, auf dem eines dieser Phantombilder gezeigt wurden, die aussahen wie ihr Nachbar bzw. wie jeder zweite männliche Einwohner über 25. *Auftragsmörder* stand in Balkenschrift über dem Bild. Es folgte eine genauso nichtssagende Beschreibung und der Hinweis, dass der Täter höchstwahrscheinlich bewaffnet und gefährlich sei. Bernardine las weiter und erfuhr, dass es sich möglicherweise um einen Osteuropäer handelte, der wegen Mordes an einer untreuen Frau gesucht wurde. Sein Auftraggeber hatte sich selbst das Leben genommen. „Aber hallo“, murmelte sie und Django schaute sie verwundert an, „so etwas gibt es also wirklich.“ Während des gesamten Heimwegs ging ihr das Plakat nicht aus dem Kopf. Ein Auftragskiller. Natürlich. Geld gegen Dienstleistung. Keine dreckigen Hände, keine durchlöcherten Zehennägel. Praktisch und sauber, die ideale Lösung. Zu Hause angekommen, bürstete sie Django und versorgte ihn mit frischem Wasser und Futter. Danach warf sie die Espressomaschine an, wählte einen Doppio und setzte sich vor ihren PC. Während der Monitor zum Leben erwachte, holte sie die Realität wieder ein: Wo zum Henker findet man Auftragsmörder? Unter A im Branchentelefonbuch? Visitenkärtchen unter dem Scheibenwischer á la *‚Ich kaufe Ihren Wagen?‘*

In einer frivolen Anwandlung gab sie *Auftragsmörder* im Google-Suchfenster ein. Der erste Eintrag war wie üblich eine Begriffserklärung in Wikipedia, der zweite ein Verweis auf eine Homepage namens Frank Coles.com, die sie gleich mal anklickte:

So heuern Sie einen Auftragsmörder an. How to hire a hitman - German Version, lautete die Überschrift und ein Sensenmann grinste sie freundlich an. Bernardine vertiefte sich in den Text:

> Wenn der Machtkampf im Büro wirklich außer Kontrolle geraten ist, müssen Sie vielleicht noch einen drauflegen. Passive Aggression ist im Grunde doch einfach nur Aggression. Falls es deshalb der einzige Ausweg oder die einzige Möglichkeit für einen Aufstieg ist, die Konkurrenz um die Ecke zu bringen, so könnten Sie wieder in die ‚härteste Kneipe der Stadt‘ gehen, die wir im Abschnitt ‚Wie komme ich an eine Pistole?‘ besucht haben, und mit dem Typen plaudern, der sich für einen harten Burschen hält.
>
> Selbstverständlich wird er dem, was Sie zu sagen haben, aufmerksam lauschen, dann wird eines der folgenden drei Dinge passieren:
>
> 1. Er wird zusagen, den Auftrag zu übernehmen, und Sie bitten, ihm einen ‚Vorschuss‘ zu bezah-

len, um das Zielobjekt zu erkunden. Wenn Sie nachfragen, um herauszufinden, wann es passieren wird, wird er einfach sagen: „Welcher Vorschuss?"

2. Sie werden festgenommen, da er in Wirklichkeit ein Polizist ist.
3. Wenn sich die Kneipe in Glasgow befindet, werden Sie Ihre 20 Pfund übergeben und in der Kneipe warten – Ihr Alibi. Er wird zurückkommen, wenn der Auftrag erledigt ist, und wahrscheinlich noch eine Zigarette von Ihnen schnorren.

Wenn Sie sich dazu entschlossen haben, sich Ihren Weg nach oben freizuschießen, könnten Sie natürlich einen Profi anheuern. Um das zu tun, müssten Sie entweder über Beziehungen zur organisierten Kriminalität oder zu Regierungsabteilungen mit dem Vorwort „Geheim-" verfügen. Die nennen ihre Auftragsmörder normalerweise Attentäter; das ist der gleiche Job, nur mit mehr Auslandsreisen und einer Pension.

Wenn Sie sich online umsehen, könnten Sie www.hitman.us ausprobieren, eine amerikanische Firma, die auf „seriöse Auftragsmorde" spezialisiert ist. Für läppische 50.000 Dollar pro Kopf (entschuldigen Sie das Wortspiel) beinhaltet Ihr Grundvertrag: „Einen schlichten Mord, der üblicherweise mit einer schallgedämpften 32-Kaliber-Pistole aus naher Entfernung durch die Verabreichung von zwei Schuss Munition in den Hinterkopf ausgeführt wird. Normalerweise spürt das Zielobjekt dabei nicht einmal etwas. Wir benutzen Glaser-Sicherheitskugeln, die durch Explo-

sion und Zersplitterung im Gehirn für einen garantierten Tod sorgen. Dank der Kleinkaliberpistole ist die Eintrittswunde äußerst klein; manchmal ist die äußere Beschädigung so gering, dass die Eintrittswunde komplett von den Haaren verdeckt und für den Gerichtsmediziner nicht sofort sichtbar ist [...]. Normalerweise gibt es keine Austrittswunde. Darüber hinaus benutzen wir nicht zurückverfolgbare Erstbezugswaffen."
Sehr professionell, ich bin mir sicher, dass Sie mir da zustimmen. Qualitätskontrolle ist wichtig, in welchem Beruf Sie auch immer arbeiten. Wenn Sie jedoch dumm genug sind, denen einen Scheck zu schicken oder sogar darum bitten, ihrer Organisation beitreten zu dürfen, dann rechnen Sie mit einer sarkastischen E-Mail, oder bestenfalls mit einem Firmen-T-Shirt mit der Aufschrift ‚PERSONAL'.
Es gibt viele Gründe, einen Auftragsmörder anzuheuern; für gewöhnlich geht es darum, seine Karrierechancen zu verbessern oder eine geschäftliche Streitigkeit zu lösen, sein Erbe zu sichern, seine Gemahlin loszuwerden, da man nicht Mann genug ist, sie um die Scheidung zu bitten, oder einfach, um sich selbst von der Qual des lärmenden Hundes von nebenan zu erlösen.

Hier klinkte sie sich wieder aus. Haha. Sehr witzig. Die weiteren etwa 230.000 Ergebnisse befassten sich zum größten Teil mit Pressemeldungen, Polizeiberichten und Literatur über Aufsehen erregende Prozesse. Nicht mal Werbung gab es. Das war wohl eine echte Marktlücke. Vielleicht sollte sie doch mal in die härteste Kneipe der Stadt gehen und einen der harten Jungs anquatschen. Sie überlegte. Die härteste Kneipe in Lorsch hieß ‚Bolles Mama' und wurde von Zahnärzten, Bankern und Familienvätern besucht, die sich nach Feierabend Lederjacken anzogen, ihre sorgfältig polierten Motorräder in Reih und Glied abstellten und sich zum Plausch über Hedgefonds, Implantate und Mehrbereichsöle trafen. Die Russendisco hatten sie voriges Jahr dichtgemacht. Das wäre es vielleicht gewesen.

Ganz schön schwer, einen Killer zu finden, wenn man nicht weiß, wo die sich normalerweise aufhalten ... Etwas klickte in ihrem Kopf! Normalerweise aufhalten? Ja wo halten sich Mörder denn üblicherweise auf? Wo treffen sie sich, spielen Karten zusammen, essen zusammen, gehen zusammen im Hof spazieren? Genau! Im Kittchen! Da gab es mehr als genug Mörder, Totschläger und dergleichen. Jetzt erinnerte sie sich auch an einen eher drögen TV-Krimi, in dem mal einer bemerkt hatte: „Kontakte in den Knast sind etwas sehr Nützliches." Doch da kam schon die nächste Schwierigkeit auf sie zu: Sie kannte keine Verbrecher. Keine verurteilten jedenfalls. Also auch Sackgasse, oder? Wer ging noch alles in den Knast? Die Wachen natürlich und die Angestellten. Verwaltung, Direktion, Ausbilder, Küchenpersonal, Anwälte ... ANWÄLTE! Hatte Nika sie nicht letztens zu einer Veranstaltung in eine Kanzlei eingeladen? Durch ihren schreibenden Mann waren die Hemmigs mit einem Mannheimer Anwalt befreundet, der ab und zu in den Räumen seiner Kanzlei kulturelle Veranstaltungen abhielt. Glimm oder Kling oder so ähnlich hieß der. Ein Strafverteidiger wäre das, ein prominenter sogar, der nur die übelsten Figuren als Klienten nähme. Nika hatte ihr schon oft von ihm und seiner Frau, die er nur „die Liebste“ nannte, erzählt. Der erhielt angeblich sogar Morddrohungen und hätte in seinem Handy gewisse Nummern, deren Inhaber sich um so etwas „kümmerten“! Genial! Warum war sie nicht gleich darauf gekommen? Bernardine schaute auf die Uhr. Heute war es schon zu spät, aber morgen früh würde sie Nika anrufen. Bis dahin hätte sie sicher auch schon einen guten Vorwand parat, um ihren Plan zu verschleiern.

Am nächsten Morgen schritt sie zur Tat:

„Hallo Nika, ich bin’s Bernardine. Na, wie geht’s denn so? Ich wollte dich fragen, ob du von dem japanischen Stoff, den ich dir neulich gezeigt habe, noch einen oder zwei Meter brauchst, ich bestelle heute wieder.“ Sehr geschickt! Nicht gleich mit der Tür ins Haus fallen, erst mal ablenken!

„Danke, aber ich mach erst mal meinen Mystery weiter und dann habe ich ja noch die ungarischen Häuser und den Flowergarden. Im Moment bin ich gut ausgelastet.“ Nika lachte unbeschwert und Bernardine glaubte zu hören, wie sie an einer Zigarette sog.

„D’accord. Ach übrigens, du hast mir neulich von diesem King, diesem Anwalt erzählt, der ab und zu Konzerte und Lesungen macht, hat der eine Homepage oder hast du

’ne Email-Adresse von dem?“ Klasse, die kleine fröhliche Nika denkt jetzt, ich interessiere mich doch noch für dem seine Jazz-Abende. Raffinement, Bernardine, Raffinement!

„Glimm heißt der, Stephan Glimm, wozu brauchst du den? Hast du den armen Carlo etwa doch abgeknallt?“

Uups! Gar nicht gut! Konnte Nika Gedanken lesen? Bernardine kicherte so hell und falsch, wie sie es bei anderen immer hasste.

„Na klar, gerade eben. Du hast doch mal gesagt, wenn dieser Anwalt dich verteidigt, kommst du als Serienmörder mit drei Wochen gemeinnütziger Arbeit davon.“ Wieder das blöde Kichern, sie musste sich wieder fangen!

„Warte, ich schau mal, am Pinboard vom Ernie hängt, glaube ich, noch eine Visitenkarte. Wäre einfacher gewesen, wenn du ’nen Lohnkiller gebraucht hättest.“ Bernardine wurde schwindlig. Ja gibt’s denn sowas?

„Wieso Lohnkiller? Wieso einfacher?“, krächzte Bernardine, räusperte sich und trat an die Spüle, um sich ein Glas mit Wasser zu füllen. Im Telefonhörer hörte sie Nika die Treppe zum Dachgeschoss hinaufgehen. Da hatte Ernie sein Arbeitszimmer, wie sie von ihren Erzählungen her wusste.

„Na, da habe ich gestern erst mit Ernie drüber gequatscht. Ich hab ihm gesagt, das du Carlo zum Teufel gejagt hast und er meinte, du solltest dir einen Auftragskiller nehmen und ihn aus dem Weg räumen. Hahahaha!“ Nikas Lachen war echt, kam aus tiefstem Herzen. Für sie war das ganze Leben so eine Art Roman, vermutete Bernardine.

„Na klar, ich gehe zur Lohnkillervermittlung, zahle einen Zwanziger an und der nächste freie Mitarbeiter wird sich um meine Eheprobleme kümmern, oder was?“ Gut! Sie hatte ihre Contenance wieder gefunden.

„Quatsch, so geht das natürlich nicht. Da gibt’s in Mannheim ’ne Kneipe im Jungbusch, da gehst du zum Barmann, bestellst ein Hafenwasser und fragst nach Tino Tarran. Du kriegst ’ne Handynummer, die immer eine andere ist, und mit dem, der da dran geht, klärst du alles ab. Bumm. Erledigt.“ Hölle! Bernardine schluckte und begann zu schwitzen. Hölle, Tod und Teufel!

„He, bist du noch dran? Bernardine? Hallo?“ Nikas fröhliches Stimmchen drang langsam durch die Nebel in ihrem Kopf.

„Äh, ja ... ich bin noch dran ... entschuldige, ich dachte, es wäre ein Kunde gekommen, Sorry.“

„Brauchst du den Killer noch oder hat sich dein Carlo mittlerweile totgevögelt?“ Da war sie wieder, die Nika, die sie kannte: derb wie eine Schuhsohle und direkt bis zur Schmerzgrenze.

„Blödsinn, ich weiß ja noch nicht mal, was das für ein Busch ist, in dem der Killer hocken soll.“ Das war jetzt fast schon wieder subtil. Bernardine hätte bestimmt eine exzellente Verhörspezialistin bei der Kripo abgegeben.

„Jungbusch, Mensch!“, krähte Nika. „Das alte Hafenviertel mit den Kneipen, was aber mittlerweile fast ’ne Yuppiekolonie geworden ist. Die Beize heißt Tante-Anna-Bar und früher hast du da garantiert immer den Frack voll bekommen. Heute musst du Glück haben, wenn du ohne Guccis am Türsteher vorbeikommst.“ Juhuii! Bingo! Hastig kritzelte Bernardine die Worte ‚Jungbusch‘ und ‚Tante-Anna-Bar‘ auf den Wochenkalender vor der Telefonbasis.

„Hey, merci, Nika, du hast mir sehr geholfen. Grüß mir deinen Ernie!“

„Hallo? Die Mailadresse? Du hast doch noch gar nicht die Mailadresse vom Glimm!“ Glimm? Was für’n Glimm? Oh merde! Wie unprofessionell! Wieder entschlüpfte ihr dieses furchtbare Gekicher, das jedem mitteilte: „Hallo, ich lüg’ dich grad an, entschuldige bitte.“

„Ach ja, meine Güte Nika, das hätte ich jetzt vor lauter Killergequatsche beinahe vergessen. Ich werd halt auch nicht jünger. Ich höre ...“ Nika nannte ihr eine dot.com Adresse und ermahnte sie noch, dem Killer nicht mehr als fünftausend zu geben, das wäre im Augenblick der Listenpreis. Als Bernardine das Gespräch beendete und das Telefon zurück in die Halterung steckte, entrang sich ihrer Brust ein tiefer, resignierter Brummton, wie von einem schlecht träumenden Kodiakbär. Django stellte erstaunt die Ohren auf Hab-Acht-Stellung und schaute sie zweifelnd an. War sein Frauchen gerade dabei, sich in einen Werwolf zu verwandeln?

Sie schnappte sich ihren alten Laptop und setzte sich an den Tisch im Hinterzimmer, in dem sie sich immer mit ihren Quiltfreundinnen traf. Von hier aus hatte sie den Laden gut im Blick, falls Kundschaft käme. Surrend und klickend quälte sich die Kiste durch die Windows-Routinen bis endlich das „Tätää“ Bereitschaft signalisierte. Bernardine startete den Internetbrowser, trommelte nervös mit den Fingern eine Melodie auf die Tischplatte „La donna è mobile ...“ sehr passend! Sie gab den Namen der Bar zusammen mit Mannheim ins Google-Fenster ein und wurde auch gleich fündig. Sie wechselte in die MAP-Ansicht und ein kleiner roter Ballon zeigte ihr auf einer Straßenkarte, wo sich die Tante-Anna-Bar befand. Gar nicht mal so schwer zu finden, fand sie. Nach der Neckarbrücke rechts ab und vor dem Studentenwohnheim wieder links. Hafenstraße. Da gab es auch eine Tanke. Da hatten sie vor gefühlten hundert Jahren am späten Abend zwei Flaschen Sekt gekauft, die sie dann am Neckarufer geleert hatten. Rumba getanzt zum plärrenden Autoradio. Ein Penner hatte applaudiert und ihnen zugeprostet. Hundert Jahre? Tausend. Die Bar lag gerade mal um die Ecke. Das Schicksal war ein Witzbold. Absolut!

21.25 Uhr Jungbuschstraße, Mannheim. Bernardine hatte ihr Auto der Einfachheit halber gleich an der Tanke geparkt. Wer heutzutage einen 89er Audi 200 bei den Blauen volltankte, konnte Fullservice erwarten, oder? Sie trug blickdichte Strumpfhosen (wegen der Besenreißer), einen bis zum Knie reichenden roten Schlauchrock samt passendem Oberteil, sozusagen die Urgroßmutter des Business-Kostüms, ihre Korallenkette, herzblutroten Lippenstift und die unbequemsten High-Heels des Universums. Ihre Mähne war auftoupiert und die Stabilisierung hatte wahrscheinlich wieder die Bemühungen um eine Reduzierung des Treibhauseffekts um Jahrzehnte zurückgeworfen. Die Leuchtreklame der Bar war nicht zu übersehen. Die zwei Berggorillas, die wenig artgerecht in Geschäftsanzügen steckten, auch nicht. Türsteher? Hallo, Neunziger, oder was?

„Doin Enkel iss schunn hääm", singsangte der linke Primat und griente wie Fernandel zu seinen Glanzzeiten.

„Dää liiegt! Isch bin doin Enkel, Omma", babbelte sein Zwilling und versicherte sich mit einem raschen Seitenblick auf seinen Kumpel, dass sein unglaublich geistreicher Kommentar auch entsprechend gewürdigt wurde.

„Vom Bildungsstand her wohl eher Urenkel, Großer", antwortete Bernardine und legte ihren Akzent richtig dick auf, „aber mit diese Schühe sischer nischt. Absolüt daneben. Billige Imitation, Cherie." Mit diesen Worten stolzierte sie an den verdutzten Jungs vorbei, fetzte den Vorhang des Windfangs zur Seite wie Henry Fonda die Schwingtür eines Saloons und steuerte mit dem Selbstbewusstsein eines zwanzigjährigen Möchtegern-Überfliegers den Tresen der stilvollen Bar an. Der Bartender, eine Hartz-Vier-Version von George Clooney, vermaß ihre Erscheinung in fünf Millisekunden, kam zu einem positiven Ergebnis und knallte ihr ein kleines Glas mit einer klaren Flüssigkeit auf den Tresen. Bernardine hob ihre linke Braue, ganz im Einklang mit ihrer Verkleidung Marke „Business-Schickse-sucht-das-wilde-Leben", worauf der Tender mit breitem italienischem Akzent (Mein Gott, sie sind überall) erklärte: „Isse kleine Willkommen für neue Geeste auf die Haus, prego. Salute!"

Bernardine kippte den Schnaps, ohne dass auch nur eine der überlangen Klebewimpern flatterte, was dem Piemontesen andächtigen Respekt abforderte. „Ich hätte gerne Signore Tino Tarran gesprochen, Ragazzo." Sie hatte weder Zeit, noch Lust, noch Geld, hier länger als nötig den geriatrischen Vamp zu spielen. Nicht nach den 128,56 Euro, die sie in den Audi hatte laufen lassen. Drecksack. Betrog seine Frau und tankte vorher nicht mal voll.

Der Respekt des Itakers wuchs ins Unermessliche. Er entschuldigte sich und verschwand in die hinteren Räumlichkeiten. Dort, wo wohl der Jungbuschpate hockte, zigarrenplotzend und an einem grell geschminkten jungen Huhn herumfummelnd. Fast hätte Bernardine laut gelacht. Sie musste dringend ihre Fernsehgewohnheiten ändern.

„Prego, Signora.“ Der Kerl legte ihr einen zusammengefalteten Zettel hin. Bernardine klimperte mit ihren Wimpern und begann, ihn auseinander zu falten. Ein scharfer Zischlaut ließ sie innehalten.

„Signora!“ Die Uhu-Brauen des Mannes hatten auf dem Weg zum Zenit des Charakterkopfes offenbart, dass die Nespressofrisur ein Toupet war. Es ist wahr: die Welt steht am Abgrund. Rasch steckte sie den Kassiber in ihre Prada-Fake-Tasche aus dem letzten Türkeiurlaub, schenkte dem Mann ein Lächeln, irgendwo zwischen weißem Hai und der Lollobrigida, und glitt mit der Grazie einer schwangeren Anakonda vom Barhocker. Die Lendenwirbel. Scheiße, man wird nicht jünger.

„Haww isch doch gemääänt, doin Enkel is hääm!“, verabschiedete sich King, während sein Kumpel Kong ihr noch ein „Die Treter sinn orschinaal!“ hinterherwarf. Sie spendierte den beiden eine Kusshand und erntete wohlwollendes Pfeifen. Goldische Buuwe. Bissel derb, awwa authentisch.

Sie zündete sich eine ihrer seltenen Zigaretten an, stöckelte die paar hundert Meter zu ihrem Auto, kramte mit der Kippe im Mund nach den Schlüsseln und war sich darüber im Klaren, dass sie für die drei Mister-Cool-of-the-World-Kandidaten drüben vor der Eckkneipe aussah, wie die Mutter aller Puffs. Röhrend erwachte der Achtzylinder zum Leben. Sie schenkte den Figuren drüben einen laszliven Blick und schaltete den Wählhebel auf „S“. Sollten sie es haben ...

Mit quietschenden Reifen (die waren eh an der Grenze) kurvte sie aus der Tanke und ließ die gammelige Protzkiste richtig fliegen. Die Kerlchen johlten und pfiffen und winkten ihr fröhlich nach.

Weiter vorne winkte auch einer. Der sah aber lange nicht so fröhlich aus, hatte eine ganz schöne Wampe und trug die schmucke blaue Uniform der Baden-Württembergischen Polizei. Resigniert zügelte Bernardine ihre 250 Pferdchen und hielt neben der adipösen Staatsmacht. Jetzt bemerkte sie auch den in einer Seitenstraße geparkten Streifenwagen, einen älteren VW-Bus. Eine junge Frau, der die Uniform entschieden besser stand, postierte sich auf der Beifahrerseite, leuchtete mit einer Stablampe in den Wagen und hatte die Hand auf dem Pistolenhalfter. Eigensicherung nannte man das wohl.

„Hallo, junge Frau, wohin so eilig?“ Der dicke Bulle senkte die Kelle und setzte sein allerschönstes Jetzt-schikanier-ich-dich-Lächeln auf. Gar nicht gut! Erstens: die Anrede „Junge Frau“ kam bei Bernardine gleich nach Schlampe. Zweitens: sie hasste selbstgefällige Männer und drittens: selbstgefällige Männer in Polizeiuniform verursachten bei ihr Herpes. Mist, es kribbelt schon an der Unterlippe.

„Büschen snell ges-tartet, da vorne, was?“ Manno, ein Hamburger! Sind wir hier bei Werner Beinhart, oder was?

Passte ja eigentlich alles: fetter Polyp, alter VW-Bulli, bloß die Tante neben der Beifahrertür sah eigentlich ganz niedlich aus.

„Ja, entschuldigen Sie, Herr Wachtpolyp, ich war in Gedanken, muss nämlich gleich einen Killer anrufen, damit der meinen Mann umnietet. Schönabendnoch!“ Das sagte sie natürlich nicht laut, aber sie musste sich schon zusammenreißen.

Papiiiiereeee bittööö!“, flötete der Werner-Bulle. „Führaschoin, Fahrzeuchschoin, Auswaiis, ham Sie Alkohouul getrrunken, Drouuugn?“

„Nicht mehr als sonst“, brummelte Bernardine und kramte unter den wachsamen Blicken der Bullin in ihrer Handtasche. Der Zettel aus der Bar fiel heraus und segelte auf die Straße, wo sich reaktionsschnell der profilbesohlte Schuh des Gesetzes darauf stellte.

„Na, nu mach mal langsam, Kindchen, sonst fliecht dir noch die Nummer deines Lebens wech!“ Meine Güte, war das ein witziges Prachtexemplar. Ächzend klaubte der Beamte den Zettel auf, faltete ihn bedächtig auseinander und studierte ihn mit der angestrengten Mimik eines Vorschülers. Bernardine wurde schlecht. Vor ihrem inneren Auge tanzten Buchstaben, formierten sich zu Wörtern, bildeten Sätze: Tino Tarran, diskrete Dienstleistungen Kaliber 32. Wir verwenden ausschließlich unregistrierte Waffen aus Erstbezug. Danke für Ihr Interesse. 24-Stunden-Hotline 0800 -14455 ...

„ ...verwarne ich Sie hiermit mündlich und hoffe, dass Sie dies beherzigen ...“ Wie aus tiefstem Schlaf erwacht hörte sie die Stimme des Mannes. Die Dinge um sie herum nahmen wieder Gestalt an. Eine speckige Hand hielt ihr die Dokumente hin, obenauf ein kleiner weißer Zettel. Hastig nahm sie die Papiere an sich, warf alles achtlos auf den Beifahrersitz und lächelte so verkrampft wie ein bis an die Halskrause vollgestopfter Drogenkurier.

Sie musste alle Konzentration aufbieten, um die breiten Reifen nicht wieder durchdrehen zu lassen, als sie Gas gab. Warum sind die in den Quentin-Tarantino-Filmen immer alle so unglaublich cool?

Eine ganze Stadionbeleuchtung flammte plötzlich in ihrem Kopf auf!

Tarantino? Tino Tarran? Hallo? Schrill auflachend ging sie gerade noch rechtzeitig vor dem gemeinen Digitalblitzer auf der Neckarbrücke vom Gas. Tino Tarran. Tarantino. Lächerlich. Ein Witz. Wenn Sie diese Nummer anrief, würde sich womöglich einer von der deutschen Vermögensberatung mit dem Namen Vince Vega melden und versuchen, ihr eine Versicherung aufzuschwatzen. Scheißwelt. Nicht mal anständige Killer gibt es mehr.

Sie steuerte den Audi in die Ausfahrt und bog am Ende der Straße nach rechts in die Industriestraße ab. Hier fuhr sie manchmal, wenn sie in Richtung Norden aus der Stadt wollte. Weniger Ampeln, weniger Verkehr. Sie hielt am Straßenrand und schaltete den Motor aus. Jetzt würde sie diese Nummer anrufen, wegen der sie sich gleich mehrmals an diesem Abend zur Närrin gemacht hatte. Vermögensberater hin oder her, die Ungewissheit sollte ein Ende haben. Hier und jetzt! Bernardine nestelte in ihrer Handtasche nach ihrem altmodischen Handy. Als sie es endlich gefunden hatte, hielt ein Auto neben ihr. Die Beifahrerscheibe glitt nach unten und ein Kerl, der sie entfernt an Carlo erinnerte, schwäbelte sie an: „Hoisch, i gäb dr en Zwanzger für e Runde Mundle, isch des en Ordnung?“ Fassungslos starrte Bernardine den Mann an, der sie lüstern musterte.

„No, was glodscht? Koi Luscht auf Gäld verdiene, Schätzle?“ Jetzt wedelte der auch noch mit einem Geldschein rum. Geht’s noch? Bernardine zeigte ihm den Stinkefinger und startete den Motor. Wieder quietschten die gemarterten Reifen, und diesmal stand kein Gesetzeshüter parat, um die Beschleunigungsorgie zu unterbrechen. Bernardine passierte einen Kleinbus und einen Kombi, die ein paar Meter weiter vorne standen. Hinter den Windschutzscheiben blinkten rote Herzchen, sie erhaschte einen raschen Blick auf grell geschminkte Gesichter und viel blasse Haut. Na klar! Bisher war sie immer nur am Tag hier durchgefahren. Der Autostrich. Nur mehr ein armseliger Abklatsch der einstigen Rotlichtszene, hier am Rande des Industriehafens, aber immer noch hielten zwei, drei „Damen“ die Stellung. Der lüsterne Schwabe mit dem Zwanziger nahm in der Rückschau immer mehr die Züge von Carlo an, bis sie sich fast sicher war, ihrem Bald-Ex tatsächlich begegnet zu sein. In Höhe des Asylbewerberheims trat sie auf die Bremse. Dreißig! Ihr Bedarf an Kontakt mit der Obrigkeit war für die nächsten zehn Jahre gedeckt. Sie erreichte die Diffenéstraße und bog nach links ab. Ihr Handy lag in der Mittelkonsole. Niemals würde sie es bis nach Lorsch schaffen ohne sich Gewissheit zu verschaffen. Sie brauchte einen ruhigen Flecken, wo sie nicht auffiel und keine fremden Reviere verletzte. Kurz entschlossen bog sie vor der imposanten Kulisse des Müllheizkraftwerks links ab. Hier war tote Hose. Kleine und mittlere Gewerbebetriebe folgten auf die Kraftwerksanlagen. Am Straßenrand standen abgestellte Anhänger und Laster. Zwischen einem Sattelzug und einem Möbelwagen parkte sie den Audi und stellte seufzend den Motor ab. Licht aus. Ruhe. Endlich! Sie verriegelte die Türen, schloss das Fenster und lehnte sich entspannt zurück. Einige Minuten beobachtete sie die Umgebung. Niemand zu sehen. Nichts zu hören. Sie klappte ihr Handy auf, faltete den Zettel auseinander und schaltete die Leselampe ein. So, jetzt rufen wir mal schnell den Herrn Killer an. Sorgfältig tippte sie die Nummer ein. Fatal, wenn sie ihr Anliegen dem Falschen darlegte: „Einen Auftragsmord? Oh, da sind Sie falsch verbunden, hier ist die dezentrale Ermittlungsstelle der hessischen Kriminalpolizei. Macht nichts, kann jedem passieren ..." Sie verscheuchte die wirren Gedanken und konzentrierte sich. Als sie alle Nummern eingegeben hatte, checkte sie sie noch mal auf dem Display, holte tief Luft und drückte die grüne Taste. Die Nummern düdelten durch, dann kam erst mal nichts und dann ... der Rufton! Am liebsten hätte sie gleich wieder aufgelegt. Was tat sie da? Was zum Teufel tat sie da? Der geile Schwabe drängte sich wieder in ihr Bewusstsein: „Oin Zwanzger, für e Runde Mundle ..." Sau, dreckige. Daheim saßen vermutlich Frau und Kinder. Abknallen! Alle!

„Ja?"

„ ..." Mein Gott! Er war dran! Da war einer dran! Kein Vermögensberater und ganz sicher auch kein anderer Witzbold. Mit der Stimme hätte der in so ziemlich allen Branchen absolutes Telefonverbot. Mein Gott, wie hörte sich der bloß an? In Bernardines Kopf überschlugen sich die

Gedanken und das alles wegen eines einzigen winzigen Wortes. Dabei klang es noch nicht einmal unfreundlich. Eher neugierig. So neugierig wie das Grunzen eines T-Rex, der noch überlegt, wie die seltsame zappelnde Beute wohl schmecken würde.

„Hallo, wer ist denn da?“ Ganz normale Worte. Worte, die man jedem Anrufer stellt, der sich lediglich durch schweres Atmen bemerkbar macht. Worte, nach denen man für gewöhnlich auflegt, wenn das schwere Atmen noch schwerer werden sollte.

„Äh, ich ...“ (kröchz). Reiß dich zusammen, Bernardine! „Ich habe diese Nummer von (räusper) dem Barmann aus der Tante-Anna-Bar, ich (schnauf) ...“

„Ich weiß, woher Sie diese Nummer haben, gnädige Frau ...“ Die Stimme! Marlon Brando als Mafiapate war dagegen ein Chorknäblein. Ohne sie zu Wort kommen zu lassen, röchelte die Akopads-Stimme weiter: „Keine Namen. Sagen Sie am besten überhaupt nichts, bis ich Sie frage. Morgen Nachmittag 16.30 Uhr, Eiscafé Fontanella auf den Planken. Sie bringen mir Informationen über die betreffende Person mit. Fotos, möglichst aktuell, Aufenthaltsorte zu verschiedenen Tageszeiten, Arbeitsplatz, Hobbys, Wohnadressen, Kraftfahrzeugdaten, Kennzeichen. Alles, was Sie haben, je kompletter, desto besser. Recherchen von meiner Seite kosten extra. Packen Sie alles in einen Umschlag der Größe C4. Setzen Sie sich an einen Tisch am Rand, am besten zur Straße hin. Bestellen Sie einen Cappuccino und ein Glas Wasser und bezahlen Sie gleich. Trinken Sie den Cappuccino und lassen Sie das Wasser stehen. Den Umschlag lassen Sie auf dem Stuhl liegen, wenn Sie gehen. Ich setze mich am nächsten Tag mit Ihnen in Verbindung. Haben Sie das alles verstanden?“

„Ja, habe ich, aber ...“ Bernardine war wütend über die piepsige Schulmädchenstimme, die sie plötzlich hatte.

„Schweigen Sie. Ihre Nummer habe ich schon gespeichert, ich rufe Sie auf diesem Telefon an.“ Aus. Kein Gruß, keine Floskel, nichts. Bernardine starrte das Handy an. Kein Vermögensberater. Ganz sicher. Fast hätte sie das bedauert. Jemand spielte in ihrem Magen Schlagzeug. Sie hasste Cappuccino. Sie war eher der Espressotyp. Aber da musste sie jetzt wohl durch. Ihre Nummer hatte der gespeichert! „Ja, wie blöd bin ich denn noch?“, rief sie laut und hieb auf das Lenkrad. Ruft einen Killer an und unterdrückt noch nicht einmal die eigene Nummer! War doch gut, dass sie einen Stoffladen aufgemacht hatte. Als Agentin oder verdeckte Ermittlerin wäre sie wohl kaum durch die Eignungstests gekommen. Sie brauchte noch einige Minuten, bis sie sich soweit gesammelt hatte, dass sie den Motor anlassen konnte. Manno! Sie hatte es getan! Bernardine Fleurance, bald verwitwete Sambucco, hatte einen Auftragsmörder auf ihren eigenen Ehemann angesetzt! „La donna è mobile ...“, summte sie vor sich hin, während der schwere Wagen durch die Nacht glitt. „Oh, wie so trügerisch ...“

Mannheim Innenstadt, 16.20 Uhr. Das beliebte Eiscafé auf den Planken, Mannheims Flaniermeile, war nur spärlich besetzt. Es war kühl und es sah nach Regen aus. Bernardine saß schon seit zwanzig Minuten vor ihrem Cappuccino und dem Glas Wasser. Seit zehn Minuten musste sie aufs Klo. Sie verdrängte das und konzentrierte sich weiter auf die anderen Gäste. Sie war fest entschlossen, den geheimnisvollen Meuchler bereits bei seiner Ankunft zu beobachten. Der frühe Vogel fängt den Wurm ... Blöd nur, dass sie den Verdacht nicht los wurde, sie selbst wäre der Wurm. Er war noch nicht da. Zwei Tische weiter saß ein Teenagerpärchen und schickte sich gegenseitig SMS oder so, hinter ihr ein Kerl mit Pferdeschwanz und merkwürdigen spitzen Schuhen, der schon den dritten Espresso vor sich stehen hatte. Der könnte passen, aber den kannte sie aus der Zeitung. Ein Anwalt. Strafverteidiger. Ein prominenter noch dazu. Ein Kollege von diesem Glimm, den Nika kannte. Der verdiente sein Geld auch mit Morden. Allerdings denen von anderen Leuten. Wenn das hier in die Hosen ging, brauchte sie auch so einen. Ärgerlich wischte sie diesen Gedanken beiseite. Zum hundertsten Mal schaute sie auf ihre unauffällige Uhr. Überhaupt war sie heute sehr dezent gekleidet. Die Business-Tante hing wieder im Schrank, heute war Adele Mausgrau dran. Graue Flanellhose, weinroter Rolli, grauer Kurzmantel, bequeme Schuhe. Das Haar hatte sie zu einem strengen Knoten gesteckt, dezentes Make-up. Verkäuferin bei C&A, Sachbearbeiterin bei der Stadtverwaltung oder Inhaberin eines Stofflädchens. Passt. Niemand sollte sich jemals an sie erinnern. Wieder ein Blick zur Uhr. 16.28 Uhr. Ein Pünktlichkeitsfanatiker, ein unzuverlässiger Patron oder ein Witzbold, der sich gerade beim dritten Pils mit dem Bartender der Tante-Anna-Bar über ihre Blödheit schlapp lachte. Ein altes Muttchen trippelte über die Straßenbahnschienen, krampfhaft an ihren Rollator geklammert. Bernardine fühlte einen Stich im Herz. Die alte Dame mit den schlohweißen Haaren und der rundlichen Figur erinnerte sie an ihre Großtante Hortense. Madame Hortense Delarue war vor über zehn Jahren gestorben. Auf einem ebensolchen Rollator sitzend, mitten in der Feinkostabteilung der Galeries Lafayette in Amiens, hatte ihr Herz aufgehört zu schlagen. Einfach so. Sie war noch nicht einmal hingefallen. Hockte einfach so vor der Hummertheke und war tot. Großtante Hortense hatte eben Stil. Die alte Frau nahm drei Tische neben ihr Platz. Im Korb der Gehhilfe lag eine Tüte mit dem Aufdruck Dolce & Gabbana. Na bitte. Sag ich doch. Stil. Bernardine schenkte ihr ein warmes Lächeln, als die alte Lady nach dem Kellner Ausschau hielt und sich ihre Blicke kreuzten. Die Frau lächelte freundlich aber reserviert zurück. Sei nett zum Pöbel, schien es auszudrücken und Bernardine verdrängte die aufkeimende Wehmut. 16.33 Uhr! Sie versuchte durch die getönten Scheiben ins Innere des Cafés zu blicken. Seit sie hier saß, herrschte ein ständiges Kommen und Gehen. Mütter mit ihren Bälgern, junge Leute zu zweit oder in kleinen Gruppen, ältere Herrschaften in Beige mit und ohne Hut und vom Kaufrausch gezeichnete, tütenbeladene Hausfrauen. Kein Killer. Der bezopfte Anwalt war weg, das Teeniepärchen hatte Gesellschaft bekommen und hackte immer noch auf seinen Daddelkisten herum und am Nebentisch der stilvollen Oma nahm ein dicklicher Jüngling voller Piercings Platz. Der? Im Leben nicht! Aber was wollte sie überhaupt? Was hatte sie erwartet? Dass ein ganz in Schwarz gewandeter Mann mit dunklem Bartschatten, buschigen Brauen und stechendem Blick an ihren Tisch trat und ihr seine Karte hinhielt: Luca Brasi, stets zu Diensten oder was? Die Anweisungen des Krächzers am Telefon waren einfach und klar: 16.30 Uhr, Unterlagen auf dem Stuhl liegen lassen, Wasser stehenlassen und fertig. Dass der Typ genauso dusselig war wie sie, war wohl nicht zu erwarten gewesen.Womöglich vermasselte sie gerade alles, wenn sie hier hockenblieb wie ein Presser. Wer sagt denn, dass der Typ hier saß und wartete? Der konnte überall sein. Am Ende schaute er gerade in diesem Augenblick auf seine Uhr, zuckte die Schultern und ging. Ruckartig stand Bernardine auf, stieß an den Tisch und rettete das Wasserglas gerade noch vor dem Absturz. Sie schenkte dem dicken Umschlag auf dem Nebensitz einen letzten Blick, klemmte sich ihre Tasche unter den Arm und überquerte die Straße. Sie betrat eine Einkaufspassage und durchquerte sie mit raschen Schritten, nur um nach der Hälfte wieder umzudrehen und langsam zurück zu gehen. Kurz vor dem Ausgang zur Fußgängerzone ging sie hinter einer Vitrine mit Schmuck in Stellung. Drüben vor dem Eiscafé war alles noch so wie vor ein paar Minuten. Nichts rührte sich. Sie wartete ungeduldig. Ihre Blase meldete sich wieder. Im Fernsehen gab es so was nicht. Hatten die alle Katheder? Die alte Frau erhob sich wackelig und griff nach ihrem Rollator. Bernardine registrierte es aus den Augenwinkeln. Ein kurzer Besuch. Sicher wegen der Venen. Schaufensterkrankheit nannte man das. Mit den typischen kleinen Schritten eines Parkinson-Patienten nahm die Frau Kurs auf den Tisch an dem Bernardine vor wenigen Minuten noch gesessen hatte. Bernardines Kinnlade klappte herunter wie ein defekter Nussknacker.

„Das. Glaub. Ich. Jetzt. Nicht!" Entgeistert flüsterte sie die fünf Worte gegen das grünliche Sicherheitsglas der Schmuckvitrine. Mit einer kaum sichtbaren und für so eine alte Frau erstaunlich raschen Bewegung beförderte sie das Kuvert in den Korb ihres Rollators, wo es hinter der Dolce-Tüte verschwand. Eine Straßenbahn nahm Bernardine die Sicht. Die Bahn stoppte an der Haltestelle. Als sie wieder anfuhr, war die Frau mit dem Rollator verschwunden. „Behalten Sie den Durchblick" stand auf den Waggons. Der Slogan einer großen Mannheimer Tageszeitung. Bernardine glotzte durch die Vitrine, bis sie nur noch ihr eigenes entgeistertes Spiegelbild wahrnahm. Großtante Hortense war der Auftragsmörder! Dann dämmerte ihr jedoch der wahre Sachverhalt: Die alte Dame war echt gewesen. Von den Altersflecken bis zu den Stützstrümpfen, vom Schildkrötenhals bis zu den knotigen Gichtfingern. Keine Maskerade. Aber ein professioneller Mörder war die mit Sicherheit auch nicht. Klar Mensch, schalt Bernardine sich selbst. Hatte sie nicht vor fünf Minuten selber gedacht, der Killer sei ganz bestimmt nicht so dusselig wie sie? Welcher Profi käme denn zu solch einer Übergabe höchstpersönlich angeschlendert? Die Omi war nur der Bote. Wahrscheinlich noch nicht einmal mit dem verwandt. Bekam einen Hunni oder so, den sie für Dolce & Gabbana-Kram verprassen konnte und gut ist. Ha ha! Hatte sie wirklich geglaubt, sie könnte sich hier seelenruhig den Mörder ihres Mannes anschauen? Desperate Stoffladenbesitzerin meets Vince Vega oder so? Okay, dann war's das wohl für heute. Der Krächzer hatte versprochen sich bei ihr zu melden, wenn er die Unterlagen studiert hatte. Bernardine war sich sicher, dass er für ihren kleinen Extrawunsch einen Preisaufschlag fordern würde. Und wenn schon. Das war es ihr wert. Carlos Lebensversicherung war das einzig Gescheite an dem Dreckbacken. Sie war auch schon auf ihrer Bank gewesen. „Kein Problem, Frau Sambucco“, hatte der nette Mitarbeiter zu ihr gesagt, „für gute Kunden wie Sie ist eine kurzfristige Finanzspritze immer drin.“ Einigermaßen beruhigt hatte sie die Schalterhalle verlassen. Wenn Miss Marples Enkel nicht größenwahnsinnig war, könnte sie das Projekt Carlo in Kürze beerdigen. Wortwörtlich!

„Jeder Trottel kann einen Menschen töten, der wahre Künstler arrangiert einen natürlichen Tod."
Ernst Hemmig, alias Ernest Hemmigweg, Krimi-Autor

Der Tod trägt Indisch-Rot

„Sie kennen mich nicht, Signor Sambucco ...", der Stimme nach zu urteilen, die geradewegs aus dem Hades zu kommen schien, hielt sich das Bedauern bei Carlo in engen Grenzen. „Mein Name ist Agatha Rutherford, ich habe als junges Mädchen im Haushalt der Familie Cloppenhorn gearbeitet und mich noch ein wenig um die kleine Farah gekümmert. Als ich meinen späteren Mann kennenlernte, folgte ich ihm nach Schottland. Er ist vor einem Jahr verstorben und ich bin die alleinige Erbin der Rutherford-Brennereien." Das erklärte zumindest mal die prägnante Stimmlage.

„Äh, ja, aber was hat das mit mir zu tun? Ich bin zwar mit Frau Cloppenhorn befreundet, aber erst seit einigen Monaten und ich ..." Carlo stockte, als das Schleifpapierorgan ihn unterbrach.

„Aber es ist Ihnen doch sicher ernst mit Farah, oder? Ich kann es absolut nicht leiden, wenn jemand meinem süßen Augensternchen wehtut, verstehen Sie?" Carlo beteuerte, dass es ernster gar nicht ginge und unterdrückte gerade noch rechtzeitig einen genervten Seufzer. Wenn diese Stimme früher auch schon so geklungen hatte, dann wäre das Augensternchen wohl mittlerweile absolut schmerzfrei.

„Passen Sie gut auf, was ich Ihnen zu sagen habe!“ Mann, die sollte in einem Inkassobüro arbeiten. Ein Anruf und der härteste Brocken zahlte freiwillig alles auf einmal zurück.

„Farah möchte sich mit Ihnen verloben.“ Aber hallo! Jetzt blieb selbst dem abgebrühten Casanova Carlo die Spucke weg. Verloben? Farah Cloppenhorn, die reichste Frau Nordbadens, wollte ihm die Ehe versprechen? Gab es etwas Schöneres, als diese liebliche Reibeisenstimme?

„Äh ...“, stammelte er wenig geistreich und wurde augenblicklich rüde gestoppt.

„Schnauze. Ich habe ihr zum Geburtstag etwas Nettes schenken wollen, einen Bentley Continental oder so. Aber da sie vorhat, diesen Tag auch gleich zum Verlobungstag zu machen, habe ich mein Budget etwas aufgestockt. Ich schenke euch zwei Turteltäubchen die Miss Marple, das ist ein hochseetüchtiger Kajütkreuzer von 15 m Länge. Alt, aber vom Feinsten! Ein Klassiker in Teak und Connollyleder. Meine Knochen taugen nicht mehr fürs Wasser. Wäre schade, wenn die Gute Algen ansetzen würde.“ Carlo wurde schwindelig. Vor wenigen Tagen hatte ihn Bernardine hinausgeworfen und er hatte so seine Befürchtungen, was die Absichten seiner jüngsten Eroberung Farah Cloppenhorn anging, aber nun! War er tot? War dies das Paradies? Augenblicklich verwarf er diesen Gedanken. Als Katholik wusste er mit ziemlicher Sicherheit, dass er sich unmittelbar nach seinem Tod in einem Expresslift in den Tiefkeller wiederfinden würde. Verlobung! Mit einer der reichsten Frauen des Landes! Eine Yacht!

Die Zombiestimme holte ihn aus seinen Fantasien zurück: „Ich soll Ihnen ausrichten, Sie möchten um 23.50

Uhr am Ende der Antwerpener Straße im Rheinauhafen auf sie warten. Dort ganz in der Nähe liegt das Boot. Um 0.00 Uhr hat Farah Geburtstag. Sie will jede Minute dieses Tages auskosten. Wenn ich Ihnen einen Tipp geben darf: Bringen Sie Blumen mit, aber keine aus dem Bestattungsinstitut, hören Sie?“ Ein dämonisches Kichern drang aus dem Telefon.

„Ich werde da sein, Frau Rutherford, ich freue mich so! Vielen Dank! Vielen, vielen Dank ...“ Er stammelte noch mehr Unsinn in sein Sony, bis er bemerkte, dass niemand mehr dran war. Blumen! Er musste Blumen besorgen! Was für ein Tag!

Die alte Frau verstaute das Handy in ihrer altmodischen Handtasche und schüttelte pausenlos den Kopf. Was für ein Idiot. Geschah ihm ganz recht, wenn er zur Hölle fuhr. Ihre Klientin hatte zwar versucht, den Preis zu drücken, als sie hörte, was der Extra-Service kostete, aber dann doch recht schnell eingesehen, dass der immense Mehraufwand an Zeit und Logistik es wert war. Allein das Ausspähen der Objekte, die Recherchen und die akribische Planung. Erschwerend kam hinzu, dass die ehrenwerte Frau Cloppenhorn nicht im Traum daran dachte, den lüsternen Tenore zu ehelichen. Für sie war Carlo ein netter Zeitvertreib, mehr nicht. Ein Risikopunkt war der Geburtstag. Die Dame hatte erst in vier Monaten und so lange wollte ihre Klientin bestimmt nicht warten. Also hatte Agatha Rutherford gepokert ... und Royal Flush! Wie die meisten Kerle wusste Signore Sambucco nicht, wann seine Gespielin Geburtstag hatte. Sie sehen, liebe Leserinnen und Leser, so etwas kann sogar tödlich sein! Das wäre also erledigt, jetzt kam der schwierigere Teil, die Herzdame höchstpersönlich. Agatha Rutherford hatte vor drei Stunden mit Frau Cloppenhorn telefoniert und ihr anfängliches Misstrauen rasch zerstreut, als sie sich als vermögende Verwandte aus Italien ausgab, die eine eventuelle Vererbung größeren Vermögens vom Lebenswandel des Lieblingsneffen abhängig machte. Das zog. Es konnte jemand so reich sein wie er wollte. Gier versiegte niemals.

„Ja bitte?“ Rund um die Kameralinse am Tor leuchtete ein Ring aus grellen LEDs auf.

„Donna Feodora DiCampanile, wir haben telefoniert“, knarrte Agatha Rutherford. Augenblicklich schwang das schmiedeeiserne Tor auf. Die Frau humpelte einen kurzen, mit glänzendem Marmor gefliesten Weg, bis zu der feudalen Villa im neoklassizistischen Stil. Ein Bau, welcher genauso gut die Verwaltung einer internationalen Holding-Gesellschaft beherbergen könnte, wie das Konsulat einer südamerikanischen Bananenrepublik. Was für eine Verschwendung, dachte die alte Dame, achtzehn Zimmer, drei Bäder, vier Balkone und ein Wintergarten. Alles für eine einzige, exaltierte Tussi, die das Geld ihres verblichenen Gatten, welches dieser in über vierzig Jahren voller schweißtreibender Betrügereien, Schiebereien und schlimmerer Untaten angehäuft hatte, wahrscheinlich in einem Zehntel dieser Zeit durchgebracht haben würde. Die Yacht in Nizza war schon weg, der Bugatti ebenso. Krähen wie dieser Möchtegern-Caruso hockten bereit, um die Brosamen aufzupicken. Ja, die Signora hatte sich gut informiert.

Liebe und Hass. Bulle und Bär an der Börse der internationalen Killer.

Die Tür des Hauses wurde geöffnet und Farah Cloppenhorn, eine Mischung aus Alice Cooper und Inge Meysel, musterte sie aus starren Schlangenaugen. Mein Gott, diesem Carlo grauste es wohl vor gar nichts. Immerhin, die Mutter aller Zombies wusste, wie man mit gebrechlichen alten Ladys umging. Sie stöckelte die drei flachen Stufen hinunter, umarmte sie mit dem genau richtigen Grad an Herzlichkeit und brachte ihre Schlauchbootlippen in die Nähe der Wangen ihres Gastes.

„Herzlich willkommen, Signora DiCampanile, es ist mir eine Ehre, Carlos Tante kennenzulernen, er hat schon oft von Ihnen gesprochen.“ Fast hätte Agatha laut aufgelacht. Erstens wusste der gute Carlo gar nicht, dass sie heute hier ein Date mit seiner Kurtisane hatte, und zweitens hatte der gar keine Tante. Sie nahm den Arm der Hausherrin mit einem huldvollen Kopfnicken an und ließ sich in eine geschmackvoll eingerichtete Empfangshalle geleiten. Durch eine Seitentür führte sie die Gastgeberin in eine Art Salon. Die Cloppenhorn geleitete sie zu einem schweren Ledersessel, der vor einem Couchtisch stand, der auf einem abgeschnittenen Elefantenfuß ruhte. „Eigentlich gehörst du schon dafür gleich mit umgebracht“, sinnierte die Mörderin, die für Tiere bedeutend mehr empfand, als für Vertreter ihrer eigenen Spezies.

„Kaffee? Tee?“ Die Stimme strahlte so viel Gastfreundschaft aus wie ein nordkoreanischer Grenzposten.

„Tee wäre mir sehr recht. Kein Zucker." Die Dame des Hauses verschwand durch eine zweite Tür. Befriedigt nickte die Alte im Sessel. Die gnädige Frau war heute alleine in ihrem bescheidenen Domizil. Sie hatte ein Hausmädchen, das heute frei hatte, eine Köchin, die nur an den Wochenenden Dienst tat und zwei Putzfrauen, die dreimal in der Woche kamen. Heute nicht. Sie verbarg das winzige Glasröhrchen in ihrer rechten Hand und wartete, bis ihre Gastgeberin nach wenigen Minuten mit einem Tablett, beladen mit zwei Tassen und einer Teekanne, zurückkam. Sie stellte ihre Last ab, schenkte den Tee ein und schickte sich an, sich ihrem Gast gegenüber zu setzen.

„Ach, entschuldigen Sie vielmals, Frau Cloppenhorn, ich bin etwas vergesslich in den letzten Jahren. Wären Sie so freundlich, mir noch ein Schlückchen Milch zu bringen. Ich darf ja eigentlich nicht, aber was wäre das Leben ohne die kleinen Sünden, nicht wahr?" Ihr Plan ging auf. Die Cloppenhorn, schon halb im Sitzen, erhob sich mit knackenden Gelenken, zauberte ein angestrengtes Lächeln in ihre Botoxmaske und schob ab. Innerhalb von zwei Sekunden träufelte die Alte die KO-Tropfen in die Tasse der Hausherrin. Zwei Minuten, dann war alles vorbei ...

Was für ein Auto! Die Alte grinste breit und gab Gas. Die Schnellstraße stürzte ihr entgegen und die anderen Fahrzeuge schienen rückwärts zu fahren. „Langsam", ermahnte sie sich selbst und ließ den Carrera wieder im allgemeinen Verkehr mitschwimmen. Auf dem Beifahrersitz saß Farah Cloppenhorn wie eine Marionette, der jemand die Fäden abgeschnitten hatte. Noch etwa zwanzig Minuten, dann ließ die Wirkung der Tropfen nach. Dann wäre Agatha Rutherford längst auf der A6 in Richtung Süden. Der Rhein-Neckar-Schnellweg schien geradewegs in die gewaltige Kulisse des Großkraftwerks hineinzuführen, das sich wie eine Raumschiff-Basis aus einem Science-Fiction-Film vor ihr auftürmte. Kurz vor der Baustelle des neuen Blocks endete die Straße in einem Kreisverkehr, in dessen Mitte ein großes Baggermaul als Blickfang ruhte. Sie verließ den Kreisel an der dritten Ausfahrt und befand sich nun im Hafengebiet des Hafens 2, auch als Rheinau-Hafen bekannt. In der hintersten Ecke des riesigen Areals befand sich die Steganlage des Motoryachtclubs Kurpfalz. Schicke Boote lagen dort, große und kleine, aber keine „Miss Marple". Wozu auch? Tote brauchen keine Boote ... Um diese Zeit war es ruhig im Hafen. Hier und da brannte Licht hinter den zugezogenen Vorhängen geparkter Lastwagen und ein einsamer Spätschichtler begegnete ihr auf seinem kleinen Motorroller. Die Bullen waren vor acht Minuten auf ihrem Streifenturnus hier durch. Möglicherweise war ihnen der Lancia Flavia in der Antwerpener Straße aufgefallen. Vielleicht hatten sie den Fahrer ja sogar überprüft. Ein Stelldichein im Hafen! Was für ein herrlicher Blumenstrauß, ja, die Liebe ist etwas Wunderbares. „Schönen Abend noch und trinken Sie bitte keinen Alkohol ..." Die Alte hinter dem Steuer des Porsche kicherte halblaut. Es klang so ähnlich wie der kaputte Auspuff des Spätschichtrollers. Sie bog von der Essener Straße nach links in die

Antwerpener Straße ein, ohne dass ihr noch jemand begegnet wäre. Sie trat die Kupplung und ließ den Motor des Sportwagens aufbrüllen. Das müsste er jetzt sogar hören können! Die bewusstlose Frau auf dem Beifahrersitz tat einen tiefen, seufzenden Atemzug. Agatha überzeugt sich mit einem raschen Seitenblick, dass sie die Augen noch geschlossen hatte und folgte der Rechtskurve. Nach etwa achthundert Metern endete die Straße in einem Wendehammer. Agatha aktivierte das Fernlicht. Blauweiße Lichtflut aus den High-Tech-Scheinwerfern riss die Straße aus der Nacht. Da war er! Den Lancia hatte er brav in einer der seitlichen Parkbuchten abgestellt. Er selbst stand mitten auf der Straße, die Arme ausgebreitet, in der einen Hand einen gigantischen Blumenstrauß. Agatha lächelte. Heute war wohl ihr Glückstag. Der Typ kletterte nicht nur freiwillig aufs Schaffott, der legte sich auch noch selber die Schlinge um den Hals.

„Lassen Sie nur Frau Scharfrichter, ich mach das schon, nicht nötig, ich bin vom Fach ...“ Das schrille, kreischende Gelächter der Mörderin erfüllte den Innenraum des Sportwagens. Die alte Frau wurde von der brachialen Beschleunigung tief in die Polster gedrückt und gleich wieder in die Gurte geschleudert, als sie nach dem grässlichen Aufprall brutal auf die Bremse stieg. Das ABS tackerte wie ein Maschinengewehr und die Elektronik hielt das Geschoß eisern in der Spur. „Geiles Auto“, dachte sie und ignorierte ihre schmerzenden Rippen. Sie durfte sich nicht so gehen lassen. Sie war schließlich nicht mehr sechzig. Als der Wagen stand, prüfte Agatha noch die Verfassung ihrer Beifahrerin. Die schlief wie ein Engel. Kein Wunder: die KO-Tropfen, die sie einsetzte, kamen direkt aus der Hexenküche des MI6. Einmal war es zu einem ärgerlichen Zwischenfall gekommen, als die Person, der sie sie verabreicht hatte, augenblicklich kollabiert und gestorben war. Dabei war der Ärmste noch nicht einmal das Zielobjekt gewesen. Kollateralschaden nannte man das wohl. Agatha öffnete die Fahrertür und hievte sich ächzend ins Freie. Nein, seniorenfreundlich war das Ding wirklich nicht. Sie nahm ihren Gehstock und humpelte zu dem verrenkten Bündel, welches in einer sich ausdehnenden Blutlache lag. Ein Blick auf den Kopf genügte. Toter geht's nicht. Zehn Meter weiter lag der Blumenstrauß. War eh zu groß und zu kitschig gewesen. Ein Geräusch hinter ihr ließ sie herumfahren, was ihre künstliche Hüfte mit einem stechenden Schmerz quittierte. Auf dem Ast einer Silberpappel saß ein Käuzchen und musterte sie mit seinen klugen Knopfaugen. Erleichtert stieß sie die angehaltene Luft aus.

„Verpfeif mich nicht, mein Guter!“ Der Vogel krächzte und schlug mit den Flügeln. Die Tonlage hatte er gut getroffen.

Die Mörderin schlurfte zurück zum Wagen und besah sich die Schäden: Der rechte Scheinwerfer war zerstört, der Kotflügel eingedrückt, die Frontscheibe geborsten, wo der Kopf des Opfers aufgeprallt war. Blut und Gewebefetzen überall. Sehr gut! Schnaufend quälte Agatha Rutherford ihren rundlichen Leib wieder hinter das Steuer, wendete den ramponierten Porsche und fuhr zurück. Dies war der riskanteste Teil ihres Plans. Wenn jetzt eine Streife der Wasserschutzpolizei oder andere Bullerei doch noch hier auftauchten, hätte sie ganz schlechte Karten. Dann müsste der Carrera eben doch noch zeigen, was er drauf hatte. Aber die Nacht und der Teufel meinten es gut mit ihr. Sie erreichte, ohne aufgehalten zu werden, den riesigen Parkplatz des REAL-Marktes im Ortsteil Brühl, gar nicht weit vom Hafen und unmittelbar an der Autobahnauffahrt Mannheim/ Schwetzingen gelegen. Sie parkte den Porsche im hinteren Teil des Geländes. Von hier aus führte ein schmaler Fußgängerpfad in den Fridtjof-Nansen-Weg, der Teil eines ruhigen Wohngebietes war.

Es kostete sie einige Mühe, die bewusstlose Farah Cloppenhorn auf den Fahrerplatz zu zerren und ihr den Gurt anzulegen. Als es vollbracht war, schaute sie auf ihre Uhr: 0.10 Uhr. Sie hatte noch etwa neun Minuten. Sie griff sich ihren Gehstock, schloss die Tür und zog sich endlich die grässlichen Latexhandschuhe aus. Ein Lied vor sich hin pfeifend, humpelte sie davon: „Happy birthday to you, happy birthday to youuu ...“ Im Fridtjof-Nansen-Weg stand ihr alter Golf mit dem Behinderten-Aufkleber. Sie stieg ein und zückte ihr Handy.

„Hallo? Polizei? Ja, ich möchte etwas melden. Mein Name? Magdalena Brasi, wie man es spricht. Ich bin gerade mit meinem Hund auf dem Real-Parkplatz in Brühl spazieren gegangen. Da steht ein Auto. Da liegt eine Tote drin. Jedenfalls bewegt sie sich nicht und das Auto ist auch kaputt. Vorne und so, und voller Blut. Ja, ich bleibe dort. Ja, ich warte. Ja, du mich auch!“ Den letzten Satz sagte sie erst, nachdem sie die Ende-Taste gedrückt hatte.

Als sie fünf Minuten später auf den Zubringer zur A6 einbog, kamen aus Richtung Schwetzingen schon flackernde Blaulichter näher. Die Dame im Porsche würde sicher eine aufregende Nacht haben. Zumal die KO-Tropfen des MI6 bei einem Drogentest die gleiche Signatur wie reines Kokain aufzeigen würden. Die Briten waren in solchen Sachen wirklich übel drauf. Von wegen Fair play! Ihre Klientin würde zufrieden sein. Auftrag erledigt, untreuer Gatte tot und seine Schlampe braucht jetzt einen richtig guten Anwalt.

Eine halbe Stunde später steuerte sie den Golf in ein Neubaugebiet am Stadtrand von Bruchsal und stellte ihn auf einem numerierten Parkplatz ab. Vor der Einfahrt stand ein Schild: *Nur für Bewohner und Personal. GBW Gesellschaft für betreutes Wohnen.*

„Wo alle Fäden zusammenlaufen,
sitzt entweder ein Gangsterboss oder eine Quilterin."
Maurizia Klawuttke - Giftmörderin

Montags im Stoffstübchen

„Oh, ein neues Ladenschild mit deinem früheren Namen! Sieht gut aus!" Josefa war wie meistens die Erste, die zum Nähkurs erschien, „Außerdem hat mir dein Mädchenname schon immer besser gefallen. Passt einfach zu dir, meine Liebe." Bernardine kletterte die Leiter herunter, die vor dem Schaufenster stand, stellte sich neben Josefa und betrachtete kritisch das rustikale Holzschild mit den eingefrästen Buchstaben.

Stoffstübchen-Inhaberin B. Fleurance, stand da zu lesen.

„Carlo wird platzen vor Wut, wenn er das sieht!" Josefa grinste Bernardine verschwörerisch an.

„Das glaube ich nicht", entgegnete Bernardine.

„Wie? Du glaubst nicht, dass ihn das ärgert?"

„Ich glaube nicht, dass er es sieht."

„Verstehe. Ist er weggezogen? Womöglich zu dieser Person, von der du uns neulich erzählt hast?"

„Er ist tot."

„Okay ..." Diese lakonische Antwort erschreckte Bernardine zutiefst. Sie schaute ihre Freundin prüfend an. Wusste Josefa etwas? Hatte sie sich womöglich verplappert? Nein! Absolut unmöglich!

„Du findest es okay, dass Carlo tot ist?"

„Du nicht?"

„Natürlich nicht! Äh ich meine, er hätte nicht gleich, es hätte mir genügt, wenn er ...“ Mensch, was für ein Gestottere! Reiß dich zusammen Bernardine!

„Er wurde überfahren. Es war ein *accident*, äh, ein Unfall“. Viel zu hastig, viel zu aufgeregt! Cool bleiben!

„Ein Unfall ...“, Josefa grinste so dreckig wie ein zehnjähriger Gassenjunge.

„Ja, ein Unfall!“ Bernardines Ton war grober, als sie es beabsichtigt hatte, „Mit Fahrerflucht! Die Verursacherin haben sie noch in derselben Nacht ermittelt. Und jetzt halt dich fest: Es war die Cloppenhorn!“ Josefa sog scharf die Luft ein, ihre schmalen Augen wurden rund wie Kuchenteller.

„Die steinreiche Mumie mit dem Porsche, die schon in deinem Laden war?“

„Genau die, und jetzt lass’ uns reingehen, die anderen werden gleich da sein.“

„Wirst du es ihnen sagen?“

„Naturelement, wir gehen alle am Freitag auf die Beerdigung und ich lade euch anschließend zu einem guten Italiener ein.“

„Da feiern wir dann das Ableben des weniger guten Italieners!“ Lachend betraten die zwei Frauen das winzige Lädchen, in dem es verführerisch nach frisch gebackenen Waffeln roch.

Jule verzog ihr herbes Gesicht zu einer Grimasse, „Oh nein, schon wieder eine Beerdigung! Schwarz macht mich immer so wuchtig!“

„Das liegt aber nicht an der Farbe ...“, ätzte Maurizia und konzentrierte sich auf ihre Applikation.

Alle hatten sie der Gastgeberin ihr Beileid versichert. Mal mehr und mal weniger augenzwinkernd. Der Tenore war verblichen. Gut ist ...

„Da waren's nur noch zwei“, trällerte Nika und alle Augen fixierten die kleine Blondine, die fast komplett hinter ihrer Pfaff Expression 2.0 verschwand.

„Wie meinst du das denn?“, fragte Josefa.

„Na, jetzt sind hier nur noch zwei Quilterinnen, die noch keinen Todesfall zu beklagen haben. So meine ich das. Ihr kennt doch alle das Lied von den zehn kleinen dunkelhäutigen Mitbürgern, oder?“

„Ja, und du bist eine davon! Muss sich dein Ernie jetzt etwa Gedanken machen?“ Maurizia genoss die spannungsgeladene Atmosphäre wie einen guten Merlot.

„Mein Ernie? Der ist nicht wie die meisten Männer. Zugegeben, er ist machmal schon etwas anstrengend, aber dafür treu wie Gold.“

„Der Goldpreis ist gerade auf einem historischen Tiefststand angelangt.“ Maurizias flinke Äuglein huschten aufmerksam von einer zur anderen. „Aber vielleicht sollte dein Ernie mal einen Krimi über Quilterinnen schreiben, Stoff dafür gibt es ja ohne Ende.“

„Der Meter für Siebenfuffzich“, röhrte Jule und bleckte ihr Pferdegebiss, „wahlweise in Ochsenblutrot oder gemustert mit Spritzen, Beilen und ...“

„Autos", ergänzte Nika, die hinter ihrem blonden Pony richtig tiefschwarze Gedanken pflegen konnte. Nervöses Schweigen machte sich breit.

„Sorry, war mir so rausgerutscht", ruderte Nika zurück, „aber es ist doch seltsam, dass innerhalb von sechs Wochen drei Männer von uns den Löffel abgeben. Wenn da der Staatsanwalt ... „Die Staatsanwaltschaft HAT ermittelt, Herzchen!", zischte Josefa, „und hat zweifelsfrei festgestellt, dass Bodo durch einen Arbeitsunfall ums Leben gekommen ist. Zumal durch einen, wie er in solchem Beruf öfter mal vorkommt."

„Bloß, dass die meisten nicht dran sterben", stellte Jule fest, „Ich jedenfalls bin froh, dass ich nicht verheiratet bin ..."

„Dafür unglücklich verliebt", mehr brauchte Maurizia dazu nicht zu sagen. Alle wussten, dass Jule sich nach dem attraktiven Schönheitschirurgen Professor Dr. Caesar Hohenzoll verzehrte, der allerdings seit zwei Jahren mit einer russischen Kickboxmeisterin liiert war, die aussah wie Brigitte Nielsens große Schwester. Immerhin ließ Jule die göttlichen Hände des Professors alle paar Monate an ihren Alabasterkörper, um dieses oder jenes zu richten, abzusaugen, zu straffen oder zu unterfüttern. Dafür gab sie fast ihr gesamtes Vermögen aus, welches sie als Herausgeberin des Glamour-Reisemagazins *Jules Ferne* einnahm. Jule verströmte die brachiale Eleganz einer neureichen Proletarierin, glänzte auf Schicki-Micki-Parties mit fundiertem Halbwissen und verstand es hervorragend, Aufmerksamkeit zu erregen, was nicht nur an ihrer respekteinflößenden Größe von beinahe zwei Metern lag.

„Räum die Russin weg, Schätzchen, dann kannst du dich jede Nacht unter das Messer deines Halbgotts schmeißen“, empfahl Maurizia, was allgemeine Heiterkeit auslöste, außer bei Jule.

„Das täte dir auch mal gut“, keilte diese zurück und Maurizia lachte hämisch.

„Ich mag mich so wie ich bin, und meckern tut jetzt auch keiner mehr.“

„Schluss damit, ihr Lieben!“, schlichtete Bernardine, „hier sind frische Waffeln mit Sahne und Kaffee. Vertragt euch, wir sind hier nicht im Kindergarten!“ Nika fütterte Django mit Waffelbröckchen, Bernardine goss den Kaffee ein und die Atmosphäre entspannte sich wieder.

Jule

Als Jule an diesem Abend in ihrem alten 280er SE nach Hause fuhr, spielten sie im Radio Bryan Adams, Summer of '69. Normalerweise wechselte sie jedes Mal den Sender, wenn dieses Lied ertönte. Summer of '69 ... Es war jener Sommer vor 43 Jahren, als sie sich ihrer Natur ergab. Als er sich seiner Natur ergab, musste es richtig heißen. Damals hieß Jule noch Julius, war der stärkste Kerl der ganzen Schule, der beste Mittelstürmer der A-Jugend und der erklärte Schwarm sämtlicher Mädchen zwischen zwölf und siebzehn Jahren. Seine Freundinnen wechselte der gut aussehende junge Mann wie die T-Shirts, was zusammen mit seiner Vorliebe für Kampfsport seinen Ruf als cooler Kerl noch bestätigte. Julius Müller tat alles, um sein Macho-Image zu festigen. Prügelte sich, soff, kiffte und qualmte Selbstgedrehte. Immer auf der Flucht. Auf der Flucht vor sich selbst. Vor diesem unerträglichen Verlangen und diesen beängstigenden Gefühlen, wenn er nach dem Sport zusammen mit den anderen Jungs duschte. Die Natur hatte es mehr als gut mit ihm gemeint, so dass die Blicke der Kameraden mehr neidisch als abschätzend auf ihm ruhten. Die Angst schwul zu sein war es auch, die ihn von einem halbgaren Teenagermädchen zum anderen trieb, die ihm den Ruf eines Aufreißers einbrachte, der den armen Dingern reihenweise die Herzchen brach. Dieselbe Angst, die ihn seine schwärmerische Bewunderung für einen seiner Mitschüler unterdrücken ließ bis diese sogar ins Gegenteil umschlug. Heute wusste er, bzw. sie, dass Caesar Hohenzolls gebrochene Nase den Anstoß für dessen Berufswahl als plastischer Chirurg gab. Dann kam der Sommer 1969: Sie hieß Jack. Eigentlich Jaqueline, hatte eine Wahnsinnsfigur, eine verstörende Meckifrisur und Tattoos an den unmöglichsten Stellen, als dies bei Mädchen noch ein richtiger Skandal war. Jack war drei Jahre älter, lesbisch und hatte sich vorgenommen, den Sexprotz einmal so richtig auflaufen zu lassen. Der Plan ging nur zum Teil auf. Zwar landeten beide im Bett von Jack und diese ging auch gleich zur Sache, doch dann merkte sie rasch, was mit dem angeblich so toughen Riesen wirklich los war. Sie redeten die ganze Nacht und als kurz nach zwei Uhr Jacks Freundin nach Hause kam, saß man zu dritt um den vollgestellten Küchentisch, bis die Sonne aufging. In dieser Nacht war für Julius die Welt untergegangen. Eine Welt, in der er sich nie zu Hause gefühlt hatte. Nein, er war nicht schwul. Wahrscheinlich wäre er damit sogar besser klargekommen, als mit der Tatsache, dass die Natur sich bei ihm schlicht und ergreifend vertan hatte. Damals hatte er noch nichts von dem Begriff der Transsexualität gehört, geschweige denn sich selbst damit in Verbindung gebracht. Auf Anraten von Jack, mit der ihn seither eine innige Freundschaft verband, meldete er sich zum Austauschprogramm seiner Schule an und ging für ein ganzes Jahr nach Columbus/Ohio. Ausgerechnet im prüden mittleren Westen der USA begegnete er einer Lehrerin, die sich einige Jahre zuvor einer Geschlechtsumwandlung unterzogen hatte und ihn ermunterte, weitere Schritte zu unternehmen. Als Julius schließlich noch Basketball als seinen Sport entdeckte und durch Talent und überragende Leistung auffiel, schrieb er sich an der Ohio-State-University ein. Nebenbei spekulierte er an der Börse, hatte wohl auch hierfür Talent und brach das Studium ab, als er seine erste Million auf dem Konto hatte. Ein halbes Jahr später erwachte er als Julia van Hangstrathen in einer Bostoner Spezialklinik aus der Narkose, kehrte nach Deutschland zurück und wurde Herausgeberin von *Jules Ferne*, einem Magazin samt angeschlossener Reiseagentur für Millionäre. Natürlich lebte Jule in all den Jahren nicht allein. Insgesamt vier Männer hatte sie vors Standesamt gezerrt. Der ausdauerndste und leidensfähigste von ihnen hielt es immerhin drei Jahre mit ihr aus. Ihr Herz aber gehörte immer noch dem schlaksigen Burschen mit dem Imperator-Namen. Ein erster Test vor über zwanzig Jahren, es ging um die Anpassung ihrer Oberweite an die enormen Schultern, hatte er mit Bravour bestanden. Er erkannte seinen ehemaligen Mitschüler nicht, was Jule gleichzeitig schmerzte und beruhigte. Allerdings war er da schon verheiratet, und zwar mit der Erbin einer der größten Drogeriemarktketten Europas. Diese Herzdame verstarb unglücklicherweise auf dem OP-Tisch ihres Gatten, was diesen wiederum zum Erben machte und ihm zu dem mittlerweile renommierten Hohenzollschen Institut verhalf, das weltweit den allerbesten Ruf genoss. Es folgten wechselnde Gespielinnen, denen allesamt eine athletische bis monströse Statur eigen war, etwas, das den Professor wohl schon immer beeindruckt hatte. Auch die derzeitige Favoritin, Ulana Nemetschew, passte in dieses Muster. Die 1,91 Meter große Kasachin hatte in der ehemaligen Sowjetunion bereits als 12-Jährige mehr als doppelt so alte Kerle auf die Bretter gelegt, vor vier Jahren die russische Meisterschaft im Vollkontakt-Kickboxen gewonnen und war 2010 nach

Deutschland gekommen, wo sie, um ihren Amateurstatus zu behalten, als Türsteherin der größten Russendisco Hessens in Darmstadt arbeitete. Vier Rettungswagen sammelten die traurigen Überreste einer Bande von litauischen Schlägern ein, die den berühmten Chirurgen Caesar Hohenzoll vor dem Betreten dieses Schuppens angepöbelt hatten. Seitdem waren die beiden ein Paar. Die Hochglanzpresse dankte es ihnen auf Knien. Ein großer Privatsender plante eine Dokusoap über das schillernde Gespann. Nur knapp verfehlte Ulana beim Casting für den aktuellen James-Bond-Film die Rolle des Bösewichts.

Jule, die nie ernsthaft ins Rennen um die Gunst des Professors gegangen war, obschon auch sie von der Gestalt her passen würde, hegte immer noch tiefste Gefühle für den einstigen Jugendschwarm. Die Tatsache, dass sie eine Zurückweisung niemals würde ertragen können, hinderte sie seit Jahrzehnten daran, dem Ruf ihres Herzens zu folgen. Doch irgendwann kommt der Punkt, an dem man sich entscheiden muss. Entweder alle Hoffnung endgültig fahren lassen, oder wie die Kavallerie mit Trompetensignal und wehendem Haar dem Pferd des Lebens die Sporen geben, um die große Attacke zu starten.

Jule van Hangstrahten steuerte den alten Mercedes auf den Parkplatz an der A5, von dem aus sie das beleuchtete Auerbacher Schloss gut sehen konnte. Am Hang des Schlossbergs lag die Klinik, kitschig-schwülstig mit Säuleneingang und Portikus wie ein griechischer Tempel. Der Verkehr in Richtung Norden war schwächer geworden. Es ging auf Mitternacht zu. Jule hörte den Wind in den Bäumen rascheln, umklammerte das weiße Lenkrad und starrte in die Nacht. Es war soweit. Sie würde sich heute Nacht entscheiden. Sie hatte keine Ahnung, was letztendlich den Ausschlag dafür gegeben hatte. Maurizias Sticheleien, die toten Ehemänner der Quiltfreundinnen, die mühsam zurückgehaltene Vorfreude auf ein neues Leben ohne die nervigen Quälgeister, oder die beiläufige Ankündigung des Professors bei ihrem letzten Vorbereitungsgespräch wegen ihres Kinns, er werde noch in diesem Jahr heiraten.

„Räum die Russin weg, Schätzchen ...“, hörte sie Maurizias Stimme in ihrem Kopf. Das war kein lockerer Spruch. Das war richtig ernst gemeint. Es waren die Augen, die sie verraten hatten. Die Augen, die ihr zuzwinkerten und signalisierten: „Räum die Russin weg ...“ Jule rang nicht mit sich. Sie rechnete auch nicht die Pro- und Kontrapunkte gegeneinander auf. Sie horchte tief in sich hinein, suchte, grub und schaufelte sich Jahre und Jahrzehnte durch ihr Leben, bis sie wieder in der achten Klasse war. Sie sah einen dünnen Jungen mit rotblondem Haar, Milliarden von Sommersprossen und riesigen Schneidezähnen vor sich. Caesar. Den Hasen Caesar nannten sie ihn immer. Nach einer Fernsehfigur, einer Handpuppe. Lächerlich. Caesar war unsterblich in die Sportlehrerin verschossen, eine maskulin wirkende Gouvernante mit dem Habitus eines Drillsergeants. Godzilla hieß die Dame. Eigentlich Sylvia Geest. Das Kollegium nannte sie nur Sylla und als sie einmal in der ihr eigenen, forschen Gangart um eine Ecke schoss und beinahe den mit Farbtöpfen beladenen Hausmeister umgerannt hätte, stieß dieser ein erschrockenes „Gott, Sylla, pass doch auf!“ hervor. Dies hörte einer aus der Oberstufe und fortan klebte dieser Name wie ein altes Kaugummi an der armen Frau. Caesars Traum von einer gemeinsamen Zukunft mit der fast zwanzig Jahre älteren Lehrerin blieb auch ein solcher und Julius sorgte dafür, dass sein eigener Traum von Caesar unter einer dicken Decke aus Häme, Boshaftigkeit und Schikanen blieb.

„Räum die Russin weg ..."

Jule startete den Sechszylinder und schob eine Kassette in den Schacht des antiken Becker-Radios. Richard Wagner. Der Walkürenritt. Vor ihrem inneren Auge ritten allerdings keine üppigen Weiber auf schweren Gäulen durch neblige Auenwälder, sie sah Helikopter im Verband in den Sonnenuntergang fliegen. Apocalypse Now mit Marlon Brando als wahnsinniger Colonel Kurtz war einer ihrer Lieblingsfilme. Sie hatte sich entschieden.

„Räum die Russin weg ..." Wagners Musik brandete durch den Wagen, während die Fahrbahnmarkierungen immer rascher auf sie zustürzten. Der alte Benz soff wie Jelzin und rannte wie der Teufel.

Es war kurz vor ein Uhr nachts, als der schwere Wagen mit vornehm singendem Triebwerk über den gekiesten Parkplatz des GULAG in Darmstadt rollte. Russendisco ist ein im allgemeinen eher negativ besetzter Begriff, der für diesen exklusiven Club nur zum Teil zutraf. Zwar gehörte das Haus im Darmstädter Stadtteil Arheilgen zum Imperium des halbseidenen russischen Oligarchen Ossip Ossipow, der europaweit Spielhallen, Discotheken und Bordelle betrieb, aber das GULAG war alles andere als ein Treffpunkt verkrachter Existenzen aus der osteuropäischen Migrantenszene. Es war im Dunstkreis des nahen Frankfurt eine der angesagtesten Adressen. Längst hatten

Banker, Politiker und Piloten den in einer alten Jugendstilvilla untergebrachten Club für sich entdeckt. Die Türsteher trugen Brioni oder Boss und versteckten ihre Tattoos unter seidenen Halstüchern, der Eintritt betrug für Nichtmitglieder hundert Euro, ohne Anrechnung auf diverse Getränke, und drinnen legten in drei Lounges die bekanntesten DJs Europas auf. Die Bedienungen waren tatsächlich nur Bedienungen, es gab keine Hinterzimmer, in denen gespielt oder gedealt wurde. Das GULAG war sauber. Gespielt und gedealt wurde im Nachbarhaus, einem privaten Wohnhaus, welches auch tatsächlich von einer Industriellenfamilie bewohnt wurde. Pharmabranche. Wie praktisch. Der Zugang erfolgte durch den Keller, in dem sich auch ein Wellnessbereich für die Inhaber der Gold-Cards befand. Bevor sich hier jemand falsche Gedanken macht: Das Personal war medizinisch geschult, das Ganze offiziell angemeldet. Allerdings nicht für Kassenpatienten.

„Lange nicht mehr gesehen, Madame." Der Türsteher lächelte und Jule hätte fast laut aufgelacht, als sie den krampfhaft aufgesetzten französischen Akzent des Kirgisen bemerkte. Schlimmer als Bernardine, dachte sie, und schenkte ihm ihr strahlendstes Lächeln. Sie betrat den Vorraum, reichte dem dort beflissen wartenden livrierten Diener Mantel und Schal und fragte nach Alina.

„Sie haben Glück, Madame van Hangstrathen, Alina ist heute den ersten Tag wieder da. Sie war vier Wochen in Berlin. Sie finden sie im Raum Chabarowsk. Angenehmen Aufenthalt." Jule, die Solschenizyn gelesen hatte, hatte nie verstanden, wie ausgerechnet Russen auf die Idee kamen, die menschenverachtenden Straflager des stalinistischen

Regimes als Namen für eine derart kapitalistisch-dekadenten Einrichtung zu verwenden. Der Raum Chabarowsk war streng in Schwarz und Chrom gehalten. Kaltes Licht unterstrich die minimalistische Atmosphäre einer futuristisch-technischen Einrichtung und sphärische Klänge verstärkten diesen Eindruck noch. In den unbequemen Sitzgruppen saßen seriös wirkende Menschen in Businesskostümen und Geschäftsanzügen vor ihren Designerdrinks neben schrill und avantgardistisch gekleideten Figuren unbestimmbaren Geschlechtes aus der Kunst- und Yuppieszene. Gedränge fand im GULAG nicht statt. Die Türsteher hatten strikte Anweisung, nur eine bestimmte Anzahl von Gästen einzulassen. Jule setzte sich an den Tresen, hinter dem eine polierte Messingtafel darauf hinwies, dass dieser einst als Requisit in einem James-Bond-Film gedient hatte. Der arme 007: Russen soffen an seiner Bar. Alina, eine eurasische Schönheit, deren Ausstrahlung flüssige Lava erstarren ließ, hatte sie schon beim Eintreten bemerkt und stellte ihr einen Negroni hin.

„Du hast es nicht vergessen, Alina."

„Ich vergesse niemals etwas", antwortete diese und hob ihr mit Swarovski-Steinen besetztes Smartphone in die Höhe. Jule lachte leise und trank einen kleinen Schluck. Nach dem üblichen Smalltalk kam sie relativ schnell zur Sache. Sie war müde und wollte lediglich abchecken, ob ihr vorläufiger Plan eine Chance auf Realisation besaß.

„Ich brauche wieder was."

„Ich denke, du bist weg davon?" Kurz flackerte echte Sorge über Alinas perfekt geschminktes maskenhaftes Gesicht. Die beiden Frauen kannten sich noch aus schlechteren Zeiten und schätzten die gegenseitige Diskretion und den Respekt.

„Nicht für mich. Für einen guten Freund."

„Das Übliche?"

„Das neue Zeug. In Weiß." Alinas Katzenaugen wurden groß.

„Nicht hier. In zehn Minuten drüben. Du weißt, was du da tust?"

„Oh ja, meine Liebe. Ich weiß sehr genau, was ich tue. Das kannst du mir glauben. Bis nachher." Sie kippte den Rest ihres Aperitifs, legte einen Schein auf die Theke und erhob sich.

Zwanzig Minuten später steuerte sie den 280er in Richtung Eberstadt, wo sie wohnte. Morgen war die Übergabe. Das System war absolut sicher. Im Nebengebäude des GULAG wurden nur die Modalitäten geregelt. Das eigentliche Geschäft fand an stets wechselnden Orten statt, die per Handy erst Minuten vorher bekanntgegeben wurden. Außerdem musste sie erst noch das nötige Kleingeld besorgen. Zwölftausend Euro für fünf Gramm Burst in Weiß hatte man ja nicht gerade im Geldbeutel. Burst, zu deutsch „Ausbruch", war die neueste synthetische Droge aus den geheimen Labors auf Sachalin, welche den Reichtum Ossipows begründeten. Es gab sie in zwei Varianten: Braun für die breite Masse zu Preisen, die den üblichen Koks- und Heroinlieferanten das Leben schwer machten und in Weiß als absoluten Kick für die Millionäre dieser Welt. Burst war zunächst in Mundsprayflaschen abgefüllt worden, was zu Beginn seiner Verbreitung zu exorbitant vielen Todesfällen führte, da die Dosierung sehr leicht überschritten wurde.

Der Konsument erlebte den Ausbruch seines Lebens, gefolgt von rasch eintretendem multiplem Organversagen. Erst als die E-Zigaretten auf den Markt kamen, bekamen die Labors die Sache in den Griff. Die so genannten Liquids, Nachfüllkartuschen für die auf dem Verdampferprinzip beruhenden E-Zigaretten, erlaubten eine feinere Abstufung und erleichterten außerdem die globale Verteilung. Die lethale Dosis konnte jetzt nur noch durch das rasche Rauchen mehrerer Füllungen unmittelbar hintereinander erreicht werden.

Die richtige Menge bescherte dem Konsumenten vier bis sieben Stunden euphorische Sinnesschärfung in Verbindung mit einem gewaltigen Kreativitätsschub. Gerne kolportiert wurde die Geschichte eines Schriftstellers, der in einer einzigen Nacht einen dreihundert Seiten starken Roman geschrieben haben soll. Wer weißes Burst inhalierte, tat im übrigen gut daran, sich von guten Freunden oder anderen zuverlässigen Mitmenschen für die Dauer der Wirkung einschließen zu lassen. Eine der gefährlicheren Nebenwirkungen war der sogenannte „Angel-Effect", welcher in den Konsumenten den Wahn hervorrief, fliegen zu können, worauf in ihnen der unbändige Drang entstand, dem höchsten momentan erreichbaren Punkt zuzustreben, um sich dann mit ausgebreiteten Armen hinunterzustürzen. In den sechs Monaten, seit Burst den Weltmarkt eroberte, hatte das DEA (Drug-Enforcement-Department) alleine in den USA 771 Todesfälle ermittelt, die nachweislich der Einnahme von Burst zuzuordnen waren. Die Dunkelziffer war allerdings gewaltig, da die Droge nur sehr schwer nachweisbar war und bei gleichzeitiger Einnahme von harmlosen Medikamenten wie Aspirin gar nicht mehr in Erscheinung trat.

Jule lächelte, als sie auf der Fahrt zurück durch die Stadt die Wegweiser zur Mathildenhöhe sah, die Künstlerkolonie, Keimzelle des Jugendstils und Aushängeschild der südhessischen Wissenschaftsstadt.

„Eine Stadt wollen wir erbauen, eine ganze Stadt! Alles andere ist nichts! Die Regierung soll uns (...) ein Feld geben, und da wollen wir dann eine Welt schaffen."
Josef Maria Olbrich, Architekt um 1900

Integriert in das Gesamtkunstwerk und doch eigenständig war die russisch-orthodoxe Kapelle mit ihren goldenen Zwiebeltürmen, einst Privateigentum der Zarenfamilie, der Punkt, um den die Gedanken von Jule kreisten. Als Patientin des Hohenzollschen Instituts war sie der Gefährtin des Professors schon persönlich begegnet. Die ehemalige Türsteherin arbeitete offiziell in der Verwaltung der Klinik, was hieß, dass sie bei vorbereitenden Gesprächen Kaffee und Plätzchen reichte. Als bei einem dieser Termine der Professor zu einem Notfall gerufen wurde, war man ins Gespräch gekommen. Es war eine jener typischen belanglosen Small-Talk-Runden über das Wetter, die Welt und über Darmstadt. Jule vertiefte den Dialog mit Fragen nach der Herkunft ihrer Gesprächspartnerin. Darüber kam man auch auf jene Kapelle zu sprechen, zu der russische Migranten sogar von weit her reisten, um dort den Messen beizuwohnen. Freimütig plauderte Ulana Nemetschew über ihr eher lockeres Verhältnis zur Kirche, räumte aber ein, jeden Monat bei Vollmond um 0.00 Uhr dort eine Rose in das große

Wasserbecken vor der Kapelle zu werfen. Vor acht Jahren war ihr Neffe anlässlich eines aus dem Ruder gelaufenen Besäufnisses mit Freunden in diesem Becken ertrunken. Es war eine Vollmondnacht, ungefähr 0.00 Uhr. Sie hatte stets versucht, den „kleinen" Alexander, der immerhin schon 26 Jahre alt war, vor den Gemeinheiten dieser Welt zu schützen.

Diese Geschichte war Jule wieder eingefallen, als sie am Morgen in der Zeitung ein Bild der Kapelle sah, die für eine größere Fassadenrenovierung gerade eingerüstet wurde. Aus dem nebulösen Plan wurde plötzlich ein klar umrissener Entwurf. Es passte alles! Sie schlug die Seite mit dem Wetter auf. Vollmond war in einer Woche. Sehr gut. Manche Menschen können dann nicht besonders gut schlafen. Sie würde dafür sorgen, das zumindest eine Person richtig gut schlafen würde. Ewig!

„Natur? Die Rohfassung, verfasst von einem dilettantischen Träumer. Wahre Schönheit verlangt den Meister.“
Prof. Dr. Caesar Hohenzoll, plastischer Chirurg

Der Tod hat keine Flügel

Ulana Nemetschew stellte den massigen X5 auf dem Parkplatz im Lucasweg ab, nahm die Rose und ihre Handtasche und stieg aus. Es roch nach Regen und der Herbstwind raschelte mit den dürren Blättern der Bäume. In einer schlecht beleuchteten Ecke des Parkplatzes stand ein großer alter Mercedes. Von den umliegenden Straßen drang vereinzelt das Geräusch von Autoreifen auf nassen Straßen herauf, ab und zu ein entferntes Hupen und das Rumpeln der letzten Straßenbahn. Allen diesen Lauten war die merkwürdige Gedämpftheit zu Eigen, die typisch für diese späte Stunde war, oder die sie sich auch nur einbildete. Ihre Schuhe knirschten auf dem gekiesten Weg, als sie auf die angestrahlte Kapelle zuging. Wie immer an diesem Ort, erklangen wehmütige Harmonien in ihrem Kopf. Töne aus einem großen, weiten und kalten Land weit jenseits des Ural. Alte Frauen mit tief in die Stirn gezogenen Kopftüchern und Gesichtern wie alte verschrumpelte Äpfelchen stiegen aus ihrer Erinnerung. Sie konnte beinahe den hohl wispernden Wind spüren, der über die endlosen Ebenen strich und im Winter einem tödlichen Eishauch wich.

Ulana erreichte die Kapelle, ging zur Vorderseite und stellte sich an den Rand des Albin-Müller-Beckens. Vor kurzem erst saniert, leuchteten die blauen Kacheln mit dem Mosaikmuster wie in einem Schwimmbad. Zwischen treibenden Wolkenfetzen strahlte plötzlich der Vollmond wie ein Filmscheinwerfer auf die Szenerie. Ulana sah den leblosen Körper im Wasser, das damals noch trüb von Algen und Vogelkot war. Sie warf die Rose hinein und die konzentrischen Kreise ließen das traurige Trugbild verschwimmen, bis nur noch die Blume blieb. Ein schwacher Trost, doch für sie war es eine Art stummer Entschuldigung. Sie war nicht da gewesen. Sie hatte ihm keine hinter die Löffel gegeben, wie schon einmal, als sie ihn mit einem Rucksack voller Wodkaflaschen erwischt hatte. Trotz dieser Demütigung vor seinen Kumpanen, verehrte er seine Tante glühend. Er hatte zu Hause eine Sammlung aller Zeitungsartikel aus ihrer Zeit als Kickboxerin und gab immer ganz fürchterlich mit den sagenhaften Körperkräften seiner Tante an. Ein lieber Kerl. Ein toter Kerl ...

Ulana schaute den Mond an, der sich wie ein beschämter Beobachter gerade hinter eine Wolkenbank verzog. Etwas Kaltes zog sich um ihr Herz zusammen, so wie jedes Mal, wenn sie hierher kam. Sie schloss kurz die Augen, schüttelte dann den Kopf und atmete einige Male tief durch. Als sie wieder in der Gegenwart ankam, wandte sie sich zum Gehen. Ihr Blick wanderte zur Kapelle, deren Schönheit sogar durch das hässliche Baugerüst schimmerte. Vor dem Eingang auf der flachen Treppe stand eine Gestalt in einem eleganten Mantel, mit einer modischen Baskenmütze auf der darunter hervorquellenden blonden Löwenmähne. Der Mercedes ... jetzt wusste sie, wo sie den Wagen schon einmal gesehen hatte: auf dem Parkplatz der Klinik ...

Jule registrierte befriedigt, dass die Frau am Wasserbecken sie bemerkt hatte und trat aus dem Schatten des Kapelleneingangs hervor. Für einige Augenblicke standen sie sich im Abstand von etwa hundert Metern gegenüber wie zwei Cowboys, die sich zum Duell verabredet hatten. Jule schritt die wenigen Stufen hinab, als sei es eine Showtreppe. In ihrem Kopf hallte wieder Wagners Walkürenritt. Showdown. Die andere rührte sich nicht, zeigte aber auch nicht das kleinste Zeichen von Unsicherheit. Die Arme verschränkt, das Kinn selbstbewusst gereckt, wartete sie. Als Jule nur noch eine Armlänge von ihr entfernt war, blieb sie stehen.

„Guten Abend, Ulana." Das Ziel war im Fadenkreuz.

„Was für ein Zufall. Auch Ihnen einen guten Abend, Julia." Stückpforten wurden geöffnet.

„Kein Zufall. Ich weiß, wann und warum Sie hier sind. Es tut mir leid um Ihren Bruder." Für einen Augenblick flackerte eine Regung über die wachsamen hellblauen Augen der Rivalin. Katzen, die sich umschlichen, Krallen, die gewetzt wurden.

„Um mir das zu sagen, kommen Sie mitten in der Nacht an einen solchen Ort?"

„Dieser Ort ist so gut wie jeder andere. Es ist ein Ort des Abschieds. Für Sie und für mich." Der Körper der Russin spannte sich wie eine Bogensehne. Jule wusste, diese sehnige, perfekt trainierte Ansammlung hocheffizienter Muskeln war eine tödliche Waffe.

„Was wollen Sie?" Die Anspannung ließ Ulana zischen wie eine gereizte Natter.

„Mich entschuldigen." Jule sah, wie sich ihr Gegenüber eine Winzigkeit entspannte. „Wir beide wissen schon lange, dass ich ein Auge auf Caesar geworfen habe. Reden wir also nicht um den heißen Brei herum." Ulanas Augen wurden schmal. Jule glaubte beinahe zu hören, wie eine schwere Waffe entsichert wurde. Sie spielte ein gefährliches Spiel. Jules Augen bohrten sich in die der Kontrahentin.

„Scheich Abdul Rahman ibn Faisal ist Ihnen sicher ein Begriff, oder?" Jule genoss es zuzuschauen, wie die Unsicherheit wie Sahnewolken im Kaffee vom Gesicht der Russin Besitz ergriff.

„Natürlich kennen Sie ihn", beantwortete Jule ihre Frage selbst, „den vornehmsten und spendabelsten Patienten des Hohenzollschen Instituts, Mitglied des saudischen Herrscherhauses und Vater von zwölf Söhnen. Einen davon, Rajid, werde ich in vier Wochen heiraten. Caesar ...", sie schaute Ulana mit einer Mischung aus Bedauern und Verachtung an, „Caesar ist nicht mehr im Rennen." Belustigt schaute Jule zu, wie die Gesichtszüge der Russin zwischen Erleichterung, Neid und blanker Wut wie die Symbole in einem Spielautomaten wechselten. Sie wusste gar nicht, ob der genannte Saudi überhaupt Kinder hatte, Ulana Nemetschew aber offensichtlich auch nicht. Ach, es war so einfach, Menschen wie kleine Spielzeugautos fernzusteuern.

„Na dann ..." Das sollte wohl lässig klingen. Cool, unbeteiligt, verbales Schulterzucken. Das glatte Gegenteil war der Fall. Grün vor Neid und Missgunst sank Ulana auf den Beckenrand. Jule setzte sich daneben, und für einen Unbeteiligten sah es wohl aus, als würde sie gleich freundschaftlich den Arm um sie legen. Jule kramte eine Packung Zigaretten aus ihrer Handtasche.

„Auch eine?“ In ihrem Kopf startete eine monotone Maschinenstimme einen Countdown: *Zehn - neun ...*

„Danke, gern.“ Die Hand mit den langen Fingern und den kurzen Fingernägeln zitterte merklich. Jule gab ihr Feuer, *... acht - sieben - sechs -...*

Die Russin nahm einen tiefen Zug. *... fünf - vier - drei ...*

(...) die Gefährlichkeit dieser neuartigen Droge wird durch den Umstand noch gefördert, dass sie keinerlei Eigengeschmack aufweist (...) Quelle: Prof. Dr. Carl Hennssler, Institut für Rechtsmedizin der Johann Wolfgang Goethe-Universität, Frankfurt am Main.

Das Zittern ihrer Hand legte sich. Gierig sog sie den aromatischen Rauch der Zigarette in ihre Lungen. *... zwei - eins ... Ignition! Lift off!*

Ulana erhob sich. Wie ein Funkturm ragte sie neben der immer noch sitzenden Jule in den mittlerweile sternenlosen Nachthimmel. Erste Regentropfen fielen, schufen psychedelische Kreiselmuster auf der Wasserfläche hinter den beiden Frauen, irgendwo schrie ein Vogel. Jetzt stand auch Jule auf. Ihre Knie knackten. Ulana wandte sich ihr zu. Ihre Augen schimmerten so klar und rein wie zwei unberührte Bergseen. Jule vermeinte, bis in ihr Innerstes blicken zu können.

„Danke für diese Information, Julia. Ich wünsche Ihnen, dass Sie Ihr Glück gefunden haben.“ Die Stimme der Russin hatte jede Berechnung, jede Boshaftigkeit und jede andere Maske verloren. Klinisch rein, so hatte es jemand in einem Fachartikel formuliert, den Jule gelesen hatte. Rein und unverfälscht sprudelt der Geist des Menschen unter der Einwirkung dieser teuflischen Droge. Bis zum absoluten Zusammenbruch ...

Als Ulana zur Kapelle ging, tat sie das in einem perfekt ausbalancierten Gang, um den sie jedes Supermodel auf der Welt beneidet hätte. Ihre Haltung: kerzengerade, Gesichtszüge und Hände entspannt. Homo sapiens perfectus. Gottes neuestes Modell. Michelangelo hätte seine Freude an ihr gehabt. Jule wandte sich ab, als die hochgewachsene Gestalt die Kapelle erreichte, zielstrebig die Rohre des Baugerüstes packte und mit unirdischer Sicherheit wie eine Gestalt aus einer Marvel-Verfilmung die Fassade erklomm. Als Jule nach wenigen Minuten bei ihrem Mercedes anlangte, drehte sie sich um. Wie ein sorgfältig getimter Bühnenscheinwerfer brach der Mond durch eine Lücke in den dräuenden Regenwolken. Sein Licht brach sich in den vergoldeten Zwiebeltürmen der Kapelle, verlieh ihnen einen feenhaften Glanz und ließ die Umrisse der Frau auf der obersten Sprosse des Gerüstes wie einen Scherenschnitt erscheinen. Schade, dachte Jule, dass die so kurze Haare hat. Wäre ein schönes Bild gewesen: im Nachtwind dramatisch wehendes Haar ...

Sie öffnete die Tür und stieg ein. Das satte Plopp der Fahrertür überdeckte den dumpfen Aufprall auf dem Vorplatz der Kapelle. Sie drehte den Schlüssel im Zündschloss.

Aus den Lautsprechern schwollen die Posaunen, Geigen und Pauken der Berliner Philharmoniker: Richard Wagner, Ouvertüre „Der Fliegende Holländer“ ...

So einfach, dachte sie und fast schämte sie sich dafür. Zehn Minuten Pfriemelei, dann hatte sie den Inhalt des Liquid-Fläschchens in eine herkömmliche Zigarette injiziert und diese ganz links in ihrem goldenen Zigarettenetui platziert. Die dämlichen Sprüche auf den Zigarettenpackungen waren albern. Rauchen kann nicht tödlich sein, rauchen IST tödlich!

Zu Hause angekommen, schenkte sie sich zuallererst einen doppelten Scotch ein, setzte sich an ihren Biedermeiersekretär und klappte ihren Filofax auf.

„Mal schauen, wann ich mal wieder Zeit für eine kleine Straffung habe“, murmelte sie halblaut, schlürfte einen Schluck Single Malt und lächelte versonnen. Zwei Wochen würde das Professorchen wohl brauchen, bis es den Schock verdaut hatte. Dann würde sie in sein Leben treten. Nach der ersten Nacht mit ihr würde er sich nicht einmal mehr an den Namen seiner russischen Mätresse erinnern.

Sie hob das Glas mit der hellgelben Flüssigkeit vor ihre Augen, brummte: „Na sdarowje, Uljitschka!“, und warf das Glas hinter sich, wo es auf dem Parkett ihrer Bibliothek zerschellte.

Sie schaute auf die Uhr: Zeit fürs Bett. Sie ging ins Ankleidezimmer, zog sich aus und stieg wieder in das verschwitzte und zerknitterte Negligé, dass sie vorsorglich bereitgelegt hatte. Sex vor dem Morden schärft die Sinne. Sie betrat das Schlafzimmer. Die gedimmten Nachttischlampen verbreiteten schummriges Licht, die Bettwäsche war zerwühlt und bedeckte nur teilweise den Körper des fetten Mannes, dessen grauer Brustpelz sich bei jedem Schnarcher hob und senkte. Jule lächelte, als ihr Blick auf sein bestes Stück fiel. Der alte Bock war unter ihrer fachkundigen Leitung zur Hochform aufgelaufen. Respekt! Die Zigarette danach war ähnlich präpariert wie die des armen Vöglein-Flieg-Mädchens, nur um einiges abgeschwächter. Gerade genug, dass der Herr Oberstaatsanwalt zwei Stündchen schlief, an die er sich hinterher absolut nicht erinnern konnte. Was für eine Überraschung, als sie ihn heute Nachmittag in seinem Lieblingscafé angesprochen hatte. Seit fast zwei Jahren versuchte der Lüstling, sie flachzulegen. Sollte er ruhig glauben, dass steter Tropfen auch Beine breit macht. Heute Nacht war für ihn jedenfalls die Nacht der Nächte und wenn er morgen früh den Fall (kicher) Nemetschew auf den Schreibtisch bekäme, wüsste er zwar immer noch nicht, ob das jetzt Mord oder Selbstmord war, aber er würde mit absoluter Sicherheit wissen, wer es auf keinen Fall gewesen sein konnte. Wahrscheinlich brauchte sie sowieso kein Alibi. Aber wie heißt das alte Quilterinnensprichwort: Doppelt genäht, hält besser!

„Wer früher stirbt, ist länger tot."
Heinz Erhardt

Montags im Stoffstübchen

Sie kam ganz bewusst zu spät. Jule liebte nichts so sehr wie den großen Auftritt. Der Spätherbst brachte sich seit zwei Tagen mit leichtem Frost in Erinnerung, so dass die Pelzmütze nicht übertrieben wirkte, und den Mantel mit dem Zobelkragen konnte man bei diesem Wetter auch schon vertragen. Auf der Fahrt ins Stoffstübchen hatte sie eine Kassette mit dem Chor der russischen Schwarzmeerflotte gehört. In einer Lautstärke, die bei ihrer Ankunft bis ins Hinterzimmer drang, so dass die Quilterinnen schon dachten, die Rote Armee stünde vor den Toren Lorschs. Nein, Jule hielt absolut nichts von leisen Tönen oder subtilen Hinweisen. Jule verschmähte die Querflöte. Ihr Instrument war die Basstuba. Nichts verabscheute sie mehr als Falschheit und Heuchelei. Sollten sie doch sehen, das der Tod der Rivalin ihr Herz nicht zur Mördergrube machte. Das Leben geht weiter, ihr Lieben, und wie es weitergeht! Und wie!

Der Tod der Ulana Nemetschew hatte gewaltige Wellen geschlagen. Die Zeitungen widmeten der Lebensgefährtin des berühmten Professors ganzseitige Artikel, beleuchteten ihren Lebensweg und suchten die Schuld an dem offensichtlichen Suizid in der nicht immer lupenreinen Vergangenheit der Verblichenen. Radio und TV brachten Hintergrundsendungen und hastig zusammengeschnittene Reportagen, mit und ohne den Professor, und der Großteil der Bevölkerung hatte es ja immer schon gewusst. Im Stoffstübchen lag die Samstagsausgabe der Tageszeitung mit einem Bild von Ulana auf dem Tisch und Jule registrierte belustigt die allgemeine Erleichterung, als sie sich durch die Tür schob. Nicht auszudenken, wenn sie heute nicht gekommen wäre! Alle gierten sie nach Informationen, möglichst aus erster, gerne auch blutiger Hand.

„In natura sieht die lange nicht so gut aus“, sagte Jule geringschätzig, deutete auf die Zeitung und legte Mantel und Pelzmütze ab.

„Nach dem Hüpfer garantiert nicht.“ Maurizia, wer sonst.

„Ist russische Woche bei dir zu Hause?“, fragte Josefa und Nika gluckste belustigt.

„Meine Art, stilvoll auf Wiedersehen zu sagen“, Jule nahm Platz und Bernardine stellte ihr ein Glas Prosecco hin.

„Mach lieber ’ne Runde Wodka, Bernardine, dann trinken wir auf Nummer vier!“, sagte Maurizia und Bernardine schaute sie tadelnd an.

„Und wer fegt dann die Scherben zusammen? Non! Solche Sauereien lassen wir hübsch bleiben.“

Maurizia schwenkte den Rotwein in ihrem Glas, sie hatte heute keine Lust auf Prosecco, nahm einen tiefen Schluck und fixierte Jule, die ihr Pokerface eisern wahrte.

„Sag an, Genossin, wie hast du das angestellt? Hast du sie dir über die breite Schulter geworfen und sie da raufgeschleppt, oder hast du ihr ins blasse Blumenkohlöhrchen geflüstert, sie sei ein Vöglein?“ Maurizia war in Hochform.

„Ich war im Bett, als es passiert ist.“ Jule lächelte Maurizia vielsagend an, so dass sogar diese eine Gänsehaut bekam.

„Das dümmste aller Alibis“, entgegnete sie trotzdem.

„Mit Dr. Leverkus ...“, ergänzte Jule und blies Maurizia eine Rauchwolke ins Gesicht.

„Dem Staatsanwalt?“ Maurizias Augen traten hervor, als würden sie von einer verborgenen Hydraulik bewegt.

„Dem Oberstaatsanwalt. Ich habe ihn noch vor Sonnenaufgang nach Hause gefahren. Seine Frau ist zur Kur.“ Nika lachte laut auf. „Bist du dann so eine Art Parallel-Kurschatten, oder was?“

„So ähnlein, Teuerste, und jetzt lasst uns endlich nähen. Ich bin schon wieder im Rückstand mit meinen Flying-Geeses!“

„Dann war es nur noch eins!“, intonierte Maurizia und zwinkerte Nika zu, die genervt ihre großen Augen rollte.

Bernardine mischte sich ein: „Maurizia, lass Nika in Frieden. Die hat einen ganz lieben Mann. Die beiden werden noch mit hundert zusammen sein. Harmonie und Eintracht in Vollendung! Nehmt euch mal ein Beispiel an denen!“

„Die Eintracht ist abgestiegen“, stänkerte Maurizia unbeeindruckt, „und wenn eine glaubt, sie habe einen lieben, treuen Mann, dann glaubt sie auch an die jungfräuliche Geburt, den Weihnachtsmann und dass George Clooney Nespresso trinkt.“

Nika holte tief Luft und war kurz davor ihre Krallen auszufahren, als Bernardine die Notbremse zog: „Attention, s’ils vous plait! Alle vertragen sich, alle kriegen noch einen Schluck Prosecco und kein Wort mehr, das nichts mit dem Quilten zu tun hat!“ Django unter dem Tisch ließ wie zur Bekräftigung ein gedämpftes „Wuff“ hören und Maurizia steckte ihm rasch ein Schweinsohr zu, was Bernardine nicht gerne sah, bekam der arme alte Kerl doch ganz fürchterliche Blähungen von derlei Leckereien.

„Es gibt nur ein einziges wasserdichtes Alibi: das des Opfers."
Stephan Glimm, Strafverteidiger

Nika

Nika, eigentlich Monika, war mit zwölf schon nächtelang mit einer Motorradgang unterwegs, die das zarte Elfchen vor derben Sprüchen, coolen Machos und zudringlichen Buben beschützte. Ihre Eltern tolerierten diesen für eine Zwölfjährige sicher etwas seltsamen Umgang, konnten aber sicher sein, dass ihre Nika zwischen den tätowierten Muskelpaketen besser behütet wurde als in einem Kloster. Sie rauchte wie ein Schlot, nahm es mit der Schule nicht so genau, dafür mit den typischen Tugenden von Motorradbanden wie Treue, Ehre, Freundschaft und Brüderlichkeit bis in den Tod.

Diese Eigenschaften pflegte sie auch nach ihren „wilden" Jahren und jeder, der mit ihr zu tun hatte, bekam das zu spüren. Nichts brachte sie so auf die Palme wie Verlogenheit, Heuchelei und Angepasstheit. Nika war stets geradeheraus und nahm lieber Nachteile in Kauf, als sich von irgendwem oder irgendwas verbiegen zu lassen. Recht früh steuerte sie den Hafen der Ehe an, standesgemäß mit einem Motorradfahrer. Für Nika war die Ehe etwas Endgültiges. Immerhin hatte sie ein Versprechen abgegeben. Sogar vor Gott in einer Kirche, zu dem sie ansonsten ein eher lockeres Verhältnis pflegte. Sie sagte immer, sie heirate nur einmal im Leben und Scheidung gebe es für sie nur auf Sizilianisch. Nika und ihr Ernie umschifften im Gegensatz zu den meisten ihrer Freunde und Bekannten sämtliche Klippen des gemeinsamen Lebens, galten als das Vorzeigepaar schlechthin und waren sich niemals überdrüssig. Ja, selbst als Ernie einige Jahre als Fernfahrer tätig war, hielt er respektvoll Abstand von allen möglichen Versuchungen fern der Heimat, immer die Höchststrafe vor Augen: sofortiges Ende der Beziehung beim geringsten Vorkommnis, wenn nicht gar Schlimmeres. Nika, vom Aussehen her das sanfte Engelchen schlechthin, teilte die Welt in gut und böse ein. Wer es einmal bei ihr „verschissen" hatte, wie sie es in der ihr eigenen drastischen Sprache gerne ausdrückte, der konnte sich abstrampeln wie er wollte, der war bei ihr endgültig weg vom Fenster. Ihre Menschenkenntnis hatte sie bisher noch nie getrogen. Wer das Glück hatte, ihr Freund zu sein, konnte sicher sein, eine kompromisslose Gefährtin für ein ganzes Leben zu haben. Wen sie nicht ausstehen konnte, der hatte für immer verloren. „Ein Arsch ist ein Arsch, da hilft es auch nicht, wenn man Ohren dran klebt", war auch gegenwärtig einer ihrer Standardsprüche. Der gute Ernie wusste das alles, und hütete und pflegte die Beziehung, da er ziemlich schnell erkannt hatte, wie wertvoll und einmalig diese war.

Wie fast alle Männer flirtete er ab und zu gerne, machte Späße und kommunizierte unter anderem auf Facebook (etwas, dass Nika absolut nicht verstehen konnte) mit mehr oder weniger guten Bekannten über zum Teil doch sehr belanglosen Kram. Ernst war es Ernst aber nie, und wurde es einmal kritisch, sprich delikat, oder eine der digitalen Damen rückte ihm zu sehr auf den Pelz, dann schwenkte er stets seinen Ehering wie eine Parlamentärsfahne und zog sich augenblicklich aus diesem Minenfeld zurück.

Nika war nicht eifersüchtig. Nein! Nika würde ihrem Mann niemals eine Eifersuchtsszene machen. Sie würde ihn erschießen. Kein Wort würde sie verlieren, keine einzige Träne würde sie vergießen, es sei denn, der Pulverdampf stiege ihr in die Augen ...

Das Beste: Ernst Hemmig wusste dies. Die Eheschließung mit seiner über alles geliebten Nika hatte ihm Bewährung auf Lebenszeit eingebracht. Wobei hier jetzt nicht der Eindruck entstehen soll, Nika würde über ihren Mann herrschen wie Kali, die indische Göttin der Rache. Nika war glücklich mit ihrem Ernie, er war der Mann, dem sie sich bedingungslos hingab, für den sie durchs Feuer gehen würde und mit dem sie gemeinsam alt werden wollte. Sie war eine liebevolle Ehefrau und Mutter. Ernie und Nika hatten zwei erwachsene Kinder. Ihre Tochter Josephine war Tänzerin und zur Zeit mit ihrer Truppe auf Tournee in den USA, ihr Sohn Fabio betrieb in Berlin eine eigene Edel-Friseurkette. Als Fabio auszog, richtete sich Ernst im ehemaligen Zimmer seines Sohnes eine Schreibstube ein und war wild entschlossen, in die Fußstapfen seines großen Vorbilds Ernest Hemmingway zu treten. Zumindest, was den Alkoholkonsum betraf, war ihm das auch schon gelungen, wie Nika ihren Freundinnen säuerlich lächelnd eingestanden hatte. Der literarische Erfolg ließ allerdings weiterhin auf sich warten. Zwar hatte Ernst vor einigen Jahren auch schon mal einen seiner Krimis „veröffentlicht“, doch war das wohl nicht so ganz der erhoffte große Wurf: Ein Lebensmitteldiscounter hatte in seinen Werbeprospekten jede Woche einen Ausschnitt aus dem Krimi „Gurkenmord“ abgedruckt, was von allen, außer vom Autor selbst, als witzige Einlage verstanden wurde. Seitdem hatte er zwei weitere Krimis geschrieben, die er allen möglichen Verlagen erfolglos angeboten hatte. Zur Zeit schrieb er an seinem bisher ehrgeizigsten Werk, einem Thriller mit dem Titel „Der Alte Mann und Vermeer“, ein Kunstkrimi, obwohl die einzige Kunst an ihm sein linkes Hüftgelenk war. Auch dies wieder ein typischer Nika-Spruch.

Alle möglichen Höhen und Tiefen menschlichen Zusammenlebens hatten die beiden schon durchlebt. Ständig war das Geld knapp, jeder Urlaub sprengte das Budget und trotzdem waren sie glücklich.

„Alles, was es für Geld nicht gibt, haben wir: Gesundheit, die Kinder, uns und unsere Liebe. Da kommt es auf die paar Kröten auch nicht mehr an“, pflegte sie zu sagen. Immer, wenn ein vermögender Mensch einer schweren Krankheit erlag, war das für Nika eine Art Bestätigung.

„Siehst du, sein Geld hat dem armen Schwein auch nichts genützt.“

Ernst erwiderte darauf meistens, dass auch arme Leute an Krankheiten sterben. Er selbst hielt sich lieber an einen anderen Spruch: *Vielleicht verdirbt Geld den Charakter. Auf keinen Fall macht ein Mangel daran ihn besser*. So jagte er sein halbes Leben schon der ersten Million hinterher, mal als Rheumadeckenverkäufer, mal als Tankstellenkassierer, Zeitungsausträger, Vermögensberater und jetzt also als der kommende Stern am Literaturhimmel.

Durch sein Hobby als Krimiautor hatte sich Ernst Hemmig auch mit Polizeiarbeit zu befassen, und so kam er im

Zuge seiner Recherchen auf einen alten Schulfreund, der früher auch im gleichen Mopedrockerclub Mitglied war wie er. Jens Brundt, der damals sein gesamtes Umfeld mit dem Spruch „Mein Name ist Brundt, Jens Brundt“ im Stil von Sean Connery abnervte, hatte es tatsächlich geschafft, so etwas Ähnliches wie die Lizenz zum Töten zu erlangen. Jedoch in der rechtsstaatlich eingeschränkten Version als Kommandeur einer SEK-Einheit.

Jens, der in ihrer Jugendzeit ebenfalls ein Auge auf Nika geworfen hatte, allerdings wegen seines großspurigen Auftretens abgeblitzt war, hatte sich rasch mit einer anderen getröstet und war nach einer gescheiterten Ehe mittlerweile überzeugter Single. Bereitwillig gewährte er seinem alten Kumpel Einblick in seine Arbeit, nahm ihn sogar mal zu Trainingseinheiten und Übungseinsätzen mit und amüsierte sich dabei jedesmal über Ernsts völlig abhandengekommene Fitness. Vor noch nicht allzu langer Zeit war Jens im Hause Hemmig zu Gast gewesen, wo er mit seiner mächtigen Harley-Davidson aufkreuzte. Er sah mindestens zehn Jahre jünger aus als Ernst, hatte seine Aufreißer-Allüren abgelegt und Nika staunte über seine gepflegten Umgangsformen. Brundt, Jens Brundt. Sie lachten alle zusammen über diese Anekdote, wobei Nika sich eingestehen musste, dass der angegraute, athletisch gebaute Mann durchaus auch als Agent ihrer Majestät eine gute Figur gemacht hätte. Auf jeden Fall war Jens in ihren Augen zehnmal besser als Berater geeignet, als diese blondierte, dickbusige Kommissarin aus Mannheim, die Ernst bisher als Kontakt genutzt hatte. Ach, was wäre die so kompetent, hatte er erzählt. Und witzig, schlagfertig und charmant. Charmant! In Nikas Augen war schon ein freundliches Lächeln eine Einladung zum Beischlaf. Charmant? Schlampe!

In letzter Zeit trafen sich die beiden Männer fast jede Woche einmal. Ernie schrieb tatsächlich an seinem Roman anstatt am PC Karten zu spielen oder sich stundenlang mit Facebook zu beschäftigen.

Als Nika an jenem Abend vom Quiltkurs nach Hause kam, hätte sie fast einen blauen Wäschekorb überfahren, der mitten in ihrer Hofeinfahrt stand.

„Wer zum Teufel stellt mir hier seinen Müll in den Weg?“, murmelte sie und stieg aus. Auf dem Boden des arg ramponierten Kunststoffkorbes war ein Zettel festgeklebt: *Helfen Sie armen Menschen in der Dritten Welt. Spenden Sie abgelegte Kleidung, Schuhe, Decken und Bettzeug*, las sie im Licht der Autoscheinwerfer. Sie stellte den Korb an die Treppe, die zur Haustür führte und rangierte ihr Auto in den Hof.

„Wer hilft der armen Nika in der Ersten Welt?“, brummelte sie mürrisch vor sich hin, „Spenden Sie ihre abgelegten Louboutins, Prada-Taschen und die sperrigen Magnum-Champagnerflaschen an bedürftige Hausfrauen. Vielleicht sollte ich mir zunächst ein paar billige Wäschekörbe besorgen.“ Als sie dann ihre Nähmaschine aus dem Kofferraum wuchtete, die Umhängetasche mit den Stoffen und all dem anderen Geraffel schulterte und ungeduldig den Klingelknopf drückte, fiel ihr Blick wieder auf den Plastikkorb.

Warum eigentlich nicht? Wollte sie nicht schon seit vier Wochen Ernies Messie-Kleiderschrank ausmisten? Endlich ertönte der Summer und sie drückte mit der Schuhspitze die

Tür auf. Ernie kam mit knallenden Pantoffeln die Treppe herunter.

„Hallo, Liebes!“ Er gab ihr einen nach Rotwein riechenden Kuss, zog seine Schlabberhose hoch und griff nach der Nähmaschine. „Na, wie war’s? Habt ihr heute mal was genäht, oder habt ihr wieder nur den ganzen Abend über Männer gehetzt? Wie geht es Jule, dem barocken Racheengel mit dem flammenden Schwert? Hat sie schon einen Termin für die Hochzeit mit dem armen hinterbliebenen Fettabsauger?“ Nika musste lachen. Ernst Hemmig hatte den gleichen, etwas anrüchigen Humor wie sie selbst und was das Stänkern über andere Leute anging, da waren an dem Herrn Autor vorneweg mal ein halbes Dutzend Marktweiber verloren gegangen.

„Sie ist heute mit einer Pelzmütze und einem Mantel mit Zobelkragen aufgelaufen und ganz Lorsch hat jetzt einen Hörschaden, weil sie den Chor der russischen Schwarzmeerflotte in Stadionlautstärke aus den Autolautsprechern schmettern ließ.“

„Polyushka polju ...“ intonierte Ernst und beide lachten.

„Jule ist schon so ziemlich schmerzfrei, du hast sie ja beim letzten Hoffest kennengelernt.“, meinte Nika, stellte die Tasche ab und hing ihren Mantel an die Garderobe im Flur. „Sei lieb und schenk’ mir noch ein Glas Prosecco ein, dann schwätzen wir noch ein wenig.“

„Apropos schwätzen, Jens hat vorhin angerufen. Macht es dir was aus, wenn ich morgen den ganzen Tag unterwegs bin? Er will mir seine Kaserne zeigen, die haben da morgen irgendeine Ehrung und er darf einen Gast mitbringen.“

Ernies Augen glänzten vor Vorfreude wie die eines kleinen Jungen, der zum ersten Mal zu einem Autorennen darf.

Nika nickte, „Das passt mir ganz gut. Ich wollte sowieso ein bisschen aufräumen und die Sommersachen endlich in den Keller räumen. Hau nur ab und hab' Spaß." Das war ja vom Feinsten! Ernie konnte ganz schön lästig werden, wenn man seine alten speckigen Klamotten entsorgen wollte. Soll er mit Jens spielen gehen. Sie fragte sich nur, ob der Wäschekorb draußen im Hof wohl ausreichen würde ...

Am nächsten Morgen:

Er reichte natürlich nicht. Der blaue Wäschekorb hatte schon bald Gesellschaft von drei vollgestopften Müllsäcken bekommen. Nika fragte sich zwar, ob die armen Leute in der Dritten Welt mit beigen Rentnerjacken, ausgeleierten Stützstrümpfen und Simpsons-Socken wirklich glücklich sein würden, aber da wollten sich ja die Wäschekorbeinsammler drum kümmern.

Verschwitzt und zufrieden musterte sie den riesigen Kleiderschrank, der nahezu die Hälfte des gesamten Schlafzimmers einnahm. Beim nächsten Mal wäre ihre Abteilung dran. Da gab es auch ein paar antike Sachen, von denen sie sich wohl oder übel trennen musste. Das, oder ein zweiter Schrank, aber dafür war in ihrer kleinen Wohnung nun wirklich kein Platz mehr. Ihr Blick blieb auf Ernsts hellem Cord-Sakko mit den Lederflecken auf den Ellenbogen hängen. Oh, wie sie dieses Ding hasste! Lehrer trugen so was.

Lehrer und Buchhalter und ... Ernie. Damit sah er noch älter aus, als er ohnehin schon war. Ein richtiges Opa-Jackett. In einem der drei Säcke war doch noch etwas Platz gewesen, oder? Morgen würde er mit Sicherheit seine Lederjacke anziehen. So eine, wie sie die Bullen immer anhatten, bloß ohne den Schriftzug „POLIZEI“ auf dem Buckel. Ernst würde erst am Wochenende merken, dass der senile Kittel fehlte. Dann wären die Sachen längst abgeholt, Ernie bekäme Rindsrouladen und Sex, und alles wäre wieder gut.

Routiniert filzte Nika die Taschen des Kittels, förderte zwanzig Cent, eine Parkhausquittung, einen Einkaufswagenchip und ein zerknittertes rosa Briefkuvert zutage. Sie legte alles zunächst einmal auf das Bett, legte das Jackett sorgfältig zusammen und trug es hinunter auf die Straße. Dort wurstelte sie wieder einen der Müllsäcke auf, stopfte das Bündel noch dazu und verknotete das Ganze wieder. Erledigt. Ihretwegen sollte er sich halt ein neues Sakko kaufen. Dann würde sie aber mitgehen, der kaufte in letzter Zeit immer nur so Opa-Sachen. Grässlich.

Als sie ins Schlafzimmer zurück kam, nahm sie ihre Funde mit in die Küche, tat das Geld und den Einkaufswagenchip in ihren Geldbeutel und warf die Parkhausquittung und das Kuvert in den Korb mit dem Papiermüll. Bei Hemmigs wurde sorgfältig getrennt! Das Kuvert war auf der Vorderseite mit einer sehr feminin wirkenden Handschrift beschriftet. Als Nika gerade die Schublade, in der sie den Papierkorb aufbewahrte, schließen wollte, wurde ihr bewusst, was sie da mehr im Unterbewusstsein gelesen hatte: *Lieber Erniebär,* stand da ...

Lieber Erniebär, gefolgt von einer Zeichnung, die wohl einen Kussmund darstellen sollte. Erst jetzt nahm sie wirklich wahr, dass der Umschlag rosa war. So richtig Barbiepuppen-rosa. Mit spitzen Fingern angelte sie nach dem Brief, als handle es sich um ein wichtiges Beweisstück in einer Mordermittlung. Sie hielt ihn sich direkt vor ihre ungläubig aufgerissenen Augen hinter der Gleitsichtbrille. Etwas stieg ihr in die Nase. Ein Hauch nur. Kaum wahrnehmbar, außer vielleicht für die sensiblen Rezeptoren im Näslein einer eifersüchtigen Ehefrau.

Das Ding war parfümiert! Fassungslos roch sie daran, schnüffelte wie Django, wenn er Reste seines zerkauten Schweineohrs suchte. Sie erkannte sogar die Marke des Parfüms: Roma! Nein! Mit zitternden Fingern fummelte sie ein weißes Blatt Papier heraus und faltete es auseinander. Der Duft wurde stärker. Roma! Eindeutig! Was war schlimmer, als einem verheirateten Mann einen parfümierten Brief mit dem Titel *Lieber Erniebär* zu schicken? Richtig: ihn mit dem Lieblingsparfüm seiner Ehefrau zu tränken! Nika wurde übel. Sie schwankte, ließ sich schwer auf einen Stuhl sinken und musterte den eng beschriebenen Brief, ohne die Worte zu erkennen. Sie ließ das Blatt fallen, erhob sich und taumelte zum Kühlschrank. Sie brauchte jetzt unbedingt etwas zu trinken. Neben der angebrochenen Proseccoflasche von gestern Abend stand Ernies Wodka. Wild entschlossen nahm sie einen tiefen Zug aus der Flasche, hustete und wiederholte das Ganze in gemäßigterem Tempo. Als sie das noch zweimal gemacht hatte, fühlte sie sich stark genug, wieder an den Tisch zurückzukehren. Mühsam klaubte sie den Brief vom Boden auf, putzte ihre Brillengläser mit dem Saum ihres Oberteils und begann zu lesen.

Es war spät geworden. Ernst Hemmig stieg aus dem BMW X5 aus und hielt sich noch einen Augenblick am Türrahmen fest.

„Soll ich mit reinkommen, Alter?“, fragte Jens, der ihn vom Fahrersitz aus angrinste.

Ernst winkte müde ab. „Danke, gut gemeint, aber mit meiner kleinen Nika komme ich schon klar. Die kann nur Nudelhölzer von maximal 500 Gramm schwingen.“

Jens lachte, „He, einen hab' ich noch: Was ist der Unterschied zwischen einem arabischen Terroristen und einer Frau mit PMS?“ Ernst rülpste. Das Beste an der Bullenkaserne war die Bullenkneipe auf der anderen Seite der Straße gewesen.

„Na, mit dem arabischen Terroristen kann man vernünftig reden!“ Wie üblich lachte sich Jens über seine eigenen Sprüche fast ins Koma.

„Dann mach's mal gut, alter Junge. Ich sag dir Bescheid, wegen der Übung in zwei Wochen. Muss das erst mit meiner Regierung verkassematuckeln.“

„Siehst du, das ist einer der Gründe, warum ich Single bin!“, rief Jens ihm noch nach, als er die Straße schon halb überquert hatte. Kopfschüttelnd schaute er dem alten Schulkameraden hinterher. „Aber nicht mehr lange, mein guter Ernie. Nicht mehr lange ...“, murmelte er leise vor sich hin. „Schicke Maus, dem Ernie seine Nika. Fast fünfzig und immer noch ein Rahmen wie ein Teenie“, dachte er und startete den Motor.

„Ein zweites Mal gibst du mir keinen Korb, Süße“, sagte er laut und schaltete das Radio ein. *I Shot The Sheriff* von Eric Clapton. Sapperlot! Zufälle gibt's! Bloß, dass der Sheriff diesmal schneller zieht. Jens Brundt lachte laut und dröhnend und klinkte sich dann in den Song ein: „I shot the Erniiiiie, but I didn't shoot no deputy ...!“

Ernst Hemmig brauchte geschlagene fünf Minuten, bis er seine Schlüssel gefunden, sortiert und den richtigen endlich ins Schlüsselloch bugsiert hatte. Scheiß Allohol. Er hängte die Lederjacke an die Garderobe und die Kappe mit den Buchstaben FBI oben darüber. Geiles Teil. Hatte ihm diese süße Polizeioberkommissarin geschenkt, als sie gehört hatte, dass er ein berühmter Schriftsteller wäre. Nun, berühmt war vielleicht nicht ganz das richtige Wort, aber er hatte schon zu viele von diesen vermaledeiten Stubbis intus, um Jens zu korrigieren. Man verlor glatt die Übersicht bei dem vielen Kinderbier. Die Bullin war blond und zierlich. Richtiger Nika-Typ. Bloß zwanzig Jahre jünger und mit größeren Lungenflügeln. Sabine hieß die. Saubiene, sagte Jens zu ihr und die lachte auch noch dreckig darüber. Richtiges Flintenweib. Pump-Gun, mindestens! Damit die nicht auf dumme Gedanken kommen konnte, zeigte er Jens unter einem Vorwand Bilder von Nika und hielt sie so, dass die Frau Oberkommissarin die auch sah. So war er, der liebe Ernie. Nur gugge, nit anfasse!

Er schaute kurz ins Schlafzimmer. Die Tagesdecke lag noch auf. Nanu? Sicher hatte seine große Liebe wieder zünftig dem Prosecco zugesprochen und war vor der Glotze eingeschlafen. Im Wohnzimmer waren aber die Lichter aus und der Fernseher lief auch nicht mehr. Die Couch, auf die sie meistens floh, wenn er es mit dem Schnarchen wieder mal übertrieb, war leer, die Kissen ordentlich aufgestellt. In der Küche wäre er beinahe gestürzt, als er auf eine Flasche trat, die scheppernd über den Laminatboden rollte. Was zum Henker ...! Er machte Licht. Unter dem Küchentisch lag seine Wodkaflasche. Leer. „Mein lieber Mann“, dachte Ernst, „sie wird doch auf ihre alten Tage nicht zu den harten Drogen wechseln wollen?“

Die Leuchtziffern auf der Uhr am Herd zeigten 03.44 Uhr an. Wo war Nika? Ihr Auto stand im Hof und zu Fuß ging sie höchstens aufs Klo. Ein Fahrrad hatte sie schon gar nicht. Ob sie wohl im Nähzimmer ...? Vorsichtig schlich sich Ernst über die knarrende Holztreppe ins ausgebaute Dachgeschoß hinauf. Das Nähzimmer war groß und nahm die gesamte Breite des Hauses ein, so dass neben dem Zuschneidetisch und dem ehemaligen Esstisch, an dem bis zu sechs Quilterinnen samt ihren Maschinen Platz fanden, noch ein großes rotes Klappsofa hineinpasste. Ein Überbleibsel von Fabio. Damit, und mit dem winzigen Badezimmerchen, war der ehemalige Dachboden sogar als Gästezimmer nutzbar. Die Tür zu ihrem Heiligtum war nur angelehnt. Er drückte sie weiter auf und steckte seinen Kopf hinein. Erleichtert registrierte er ihren Umriss unter einem dicken Flower-Garden-Quilt auf der Schlafcouch. Nikas Atemzüge waren regelmäßig und tief. Die schlief wie ein Baby. „Bloß, dass Babys andere Fläschchen kriegen, bevor man sie ins Bett steckt“, dachte er leicht angesäuert.

Bestimmt hatte sie wieder an ihren Quilts getüftelt. Wahrscheinlich war ihr dann irgendein besonderer japanischer Stoff ausgegangen und sie hatte ihren Frust mit russischem Stoff kompensiert. Beruhigt stieg er vorsichtig wieder die steile Treppe hinunter. Im Kühlschrank fand er noch ein Ureich.

„Was du kannst, kann ich schon lange", brummte er und soff das Bier auf ex.

Am nächsten Morgen:

Gähnend schlurfte er in die Küche. Nika saß am Tisch, vor sich eine Tasse Kaffee, ihren Schminkspiegel und einen Aschenbecher, in dem eine Zigarette vor sich hin qualmte. Ihr übliches Frühstück.

„Morgen." Er wollte ihr einen Kuss geben, ein Ritual, welches sie, seit sie zusammen waren, niemals unterließen. Sie drehte den Kopf weg und er gab ihr einen Schmatzer auf die Wange. Die Abdeckcreme schmeckte blöd.

„Wo sind denn meine Tasse und meine Müslischüssel?", fragte er.

Ohne das Ziehen ihres Lidstrichs zu unterbrechen, antwortete sie in merkwürdig kühlem Ton: „Da wo sie immer sind: im Schrank."

„Und die Zeitung? Warst du noch nicht unten?" Nun, es war nicht so, dass Ernst Hemmig ein Pascha wäre. Aber im Laufe der Jahre hatte es sich einfach so eingespielt, dass er, wenn er frei hatte, die Tageszeitung und die Hardware für sein Frühstück schön ordentlich auf dem Tisch vorfand. Heute nicht.

„Du brauchst heute keine Zeitung, ich habe hier etwas viel Interessanteres für dich.“ Nika legte ihm den duftenden Brief hin, den sie die ganze Zeit auf ihrem Schoß versteckt hatte.

Es war der Ton, in dem sie das sagte, der Ernies gutmütigbrummige Morgenmuffellaune in einen Zustand versetzte, den man beim Militär wohl erhöhte Alarmbereitschaft nannte. Nika war sauer! Und zwar richtig!

„Ein Liebesbrief? Wie schön, ich dachte eigentlich, du hältst nichts von dem ganzen romantischen Gedöns?“ Sie sog heftig an ihrer Zigarette und er bemerkte, dass ihre Hand zitterte. Er bemerkte auch den Blick, den sie ihm zuwarf und erschrak bis ins Mark. Das hier war kein Spaß. Nika machte eigentlich nie Späße. Späße nervten sie einfach nur. Sie war die Pragmatikerin in ihrer Beziehung. Für Schnulzen, Liebesschwüre und dergleichen war in diesem Hause er zuständig.

„Lies!“ Das Zischen texanischer Klapperschlangen war ein liebreizender Wohlklang gegen dieses aus sibirischer Kälte kommende kleine Wort.

Ernst Hemmig las:

Lieber Erniebär,

Du bist gerade eine halbe Stunde weg und schon verzehre ich mich nach Dir. Ich vermisse Deine Bärenbrust, Deinen Duft, Deine samtige Stimme und Deinen ... Du weißt schon. Mein ganzer Körper fiebert nach Dir, nach Deinen Händen, Deiner Zunge, Deinen Lippen. Ich gehe heute nicht arbeiten. Ich kann nicht, Ich bin krank. Liebeskrank.

Da hilft auch kein Krankenkassenkärtchen. Ich habe mich von Kopf bis Fuß mit Deinem Lieblingsparfüm eingesprüht und diesen Brief dann darüber gerieben. Über meine Brüste mit den steifen Nippeln, über meinen Bauch, meine arme einsame Mumu ...

Ernst spürte ein vertrautes Ziehen zwischen seinen Beinen. Teufel, was zog Nika hier ab? Er kannte seine Frau als leidenschaftliche Liebhaberin, die Spaß an allem hatte, was zwei Menschen, die sich liebten, miteinander anstellen konnten, doch alles zu seiner Zeit. Sex auf dem Küchentisch? Auf dem Teppich? Gar auf der Terrasse oder im Auto? Bewahre! Wozu hat man ein Bett? Er ließ den Brief sinken. Wenn Nika auf ihre alten Tage plötzlich die oberscharfe Nummer abziehen wollte ... Na, dann sollte sie es haben! Er grinste seine Frau lüstern an ...

Zur gleichen Zeit, 85 Kilometer weiter nördlich:

Jens Brundt kratzte sich ausgiebig im Schritt, betätigte die Spülung und schlurfte zurück ins Schlafzimmer. Heute war sein freier Tag, er würde sich noch mal hinlegen und bis zum Mittag pennen. Vielleicht träumte er ja wieder von Nika. Ob sie den Brief schon gefunden hatte? Dann wäre Phase II an der Reihe: Onkel Jens, der gute Freund, der sich Sorgen um die Ehe seines alten Kumpels machte. Natürlich hatte er auch einkalkuliert, dass Ernie selbst den getürkten Liebesbrief fand. Plan B. Dann käme Sabine ins Spiel. Die war schon gebrieft und freute sich darauf, einen richtigen

Literaten flachzulegen. Die hatte schon ganz andere Zierden der Gesellschaft verführt. Ein braver Ehemann war da nur ein Warm-up, mehr nicht. Ein Kriminaloberrat stand (oh Wunder) auf Handschellen und las Jens mittlerweile jeden Wunsch von den Augen ab. Eine Richterin, die ihre Vorliebe für junge Frauen peinlichst vor ihrem Umfeld und vor allem vor ihrem Mann verbarg, stellte Verfügungen und Durchsuchungsbefehle sogar nachts um zwei Uhr aus. Es ging doch nichts über ein gut funktionierendes Netzwerk. So, und jetzt also Nika. Die Frau, die er schon als pickeliger Siebzehnjähriger begehrt hatte. Vor drei Monaten hatte er eine Belobigung vom Innenminister persönlich erhalten. Für die effiziente Planung und Durchführung einer Geiselbefreiung, ohne dass auch nur ein Tropfen Blut geflossen, ja noch nicht einmal ein Schuss in die Luft abgegeben worden war. Wenn Jens Brundt etwas in die Hand nahm, dann klappte das.

Blut! Fassungslos starrte Ernst Hemmig auf seine Finger. Er lag auf dem Küchenboden, neben ihm der umgekippte Stuhl, an dessen weißlackiertem Holzbein ebenfalls Blut herunterlief. Etwas Nasses tropfte von seiner Stirn, lief in sein rechtes Auge, verursachte roten Nebel, als er zwinkerte. In seinem Schädel haute jemand mit Wucht auf eine Landsknechtstrommel. Er leckte sich die Lippen, schmeckte kalte Zigarettenasche, wohl von dem schweren Kristallaschenbecher, den Nika ihm an den Kopf geworfen hatte.

Was heißt geworfen ... geschleudert! Mit aller Kraft und mit wutverzerrtem Gesicht, ganz so, als wolle sie ihn hundert Meter weit schleudern.

„Nika ..." krächzte er, doch sie stand schon über ihm, warf ihm Küchenpapier hin und sagte mit verstörend ruhiger Stimme:

„Mach die Sauerei weg, bevor du gehst." Der zweite Teil dieses Satzes hatte etwas beängstigend Endgültiges an sich. Ernie griff nach dem Krepppapier und presste es auf die Risswunde mitten auf seiner Stirn.

„Nika, ich habe keine Ahnung, was hier los ist. Diesen Brief, den sehe ich heute zum ersten Mal. Das muss ein schreckliches Missverständnis sein, Nika, ich schwöre dir, ich habe dich niemals betrogen, Nika ich schwöre ..." Tränen liefen über seine Wangen, in seinem Körper krampfte sich etwas zusammen. Die Schmerzen, das Blut, all das wurde plötzlich nebensächlich. Was geschah hier? Was war mit Nika los? Wo, zum Henker, kam dieser verfluchte Brief her? Ernie stockte der Atem, als ihm bewusst wurde, dass hier gerade seine Beziehung in die Brüche ging. Sein Leben, seine Liebe, seine Nika! Heiß stieg es in seiner Kehle auf, er würgte, Blut troff aus dem durchtränkten Küchenpapier. Scheiße, so was musste doch bestimmt genäht werden, oder? Schwindel überkam ihn, kurz wurde es schwarz vor seinen Augen. Als er wenige Sekunden später seine Umgebung wieder wahrnahm, hörte er, wie unten die Haustür zugeworfen wurde, dass das Glas nur so klirrte. Dann eine Autotür, der Motor heulte auf und das Quietschen gequälter Reifen schnitt wie mit Messern in seinen malträtierten Schädel. Auf der Straße hupte einer wie blöde.

2012 geht die Welt unter, hatten die Mayas prophezeit. Er hatte immer Witze darüber gemacht. Jetzt rächte sich das. Die hatten recht gehabt, die ollen Mayas. Die Welt ging unter. Seine Welt.

Nika steuerte den kleinen Honda ziellos durch die Gegend. Zuerst hatte sie allen Frust, alle Enttäuschung und allen Zorn am Gaspedal ausgelassen. Zum Glück für sämtliche anderen Verkehrsteilnehmer siegte aber schon bald ihr Verstand. Irgendwann stand sie schließlich auf dem Parkplatz des Rhein-Neckar-Zentrums. Klar. Hierher fuhr das Auto wahrscheinlich schon von ganz allein. Sie klappte die Sonnenblende herunter und schaute in den Schminkspiegel. Oh Gott! So konnte sie unmöglich aus dem Wagen! Hoffentlich schaute niemand hinein. Die Wimperntusche und der Lidstrich hatten sich zu einer Art Horror-Maske vereinigt. Egal. Shoppen war so ziemlich das Letzte auf ihrer derzeitigen Prioritätenliste. Ausgenommen in Waffenläden, aber davon kannte sie keinen einzigen.

Das Schwein! Dieses elende, verlogene Mistschwein! Wenn er sein Hirn schon in seinem Schwanz mit sich herumtrug und unbedingt rumvögeln wollte, dann, bitte schön, sollte er es doch wenigstens so drehen, dass sie davon nichts mitbekam, verdammt noch mal! Wozu war er denn Krimiautor, hä? Voller Bitterkeit dachte sie daran, dass seine Erfolglosigkeit daran liegen konnte, dass seine Romane vielleicht genauso dilettantisch konzipiert waren wie seine

Affären. Affären? Plural? Womöglich hatte der Aschenbecher nur die Spitze eines Eisberges getroffen? Nika sank schluchzend über dem Lenkrad zusammen. Männer waren einfach so. Unausgereift und voller Macken hatte der Schöpfer diese Kreaturen auf den Markt geworfen. Sieht man mal wieder, wohin mangelnder Wettbewerb führen kann. Dass Männer Sex als eine Art Sport betrachteten, war ihr schon immer klar gewesen. Dass sie auch Liebe und Sex säuberlich trennen konnten, ebenso. Das der alte Sack sich mit einer anderen in den Laken gewälzt hatte, hätte sie natürlich auch schwer getroffen, beleidigt und beschämt. Aber dass er sie so rotzfrech anlog, einfach alles abstritt und das erschrockene Unschuldslamm spielte, DAS war der absolute Hammer! Das war der Aschenbecher! „Ja, Nika, ich habe dich betrogen. Ich bin dieser blöden Tussi auf den Leim gegangen und ich schäme mich dafür." Dafür hätte sie wohl nur die Kaffeetasse geworfen. Der Kaffee war eh nur noch lauwarm. Man hätte irgendwann, nach einem Tag und einer Nacht im Tal der Tränen, darüber reden können. Alles wäre zwar nicht wieder gut gewesen, aber ihre Ehe wäre mit einer Menge Klebeband, Blumendraht und Büroklammern einigermaßen wiederhergestellt worden. Narben blieben, das war klar, aber wenigstens kam keiner ums Leben.

„Unmöglich! Das ist völlig unmöglich Ernie!" Jens Brundt hatte einigermaßen Mühe, seine Stimme betroffen und einfühlsam klingen zu lassen, während sein Herz vor Freude hüpfte, „Nein, ich bin nicht allein. Das geht absolut nicht.“ Er lauschte dem Gegreine seines Schulfreundes und grinste diabolisch.

„Jetzt krieg dich wieder ein, ich kann dir auch nicht sagen, was das soll, aber bei mir kannst du nicht pennen, auf keinen Fall!“ Wieder hörte er sich das Geschniefe und Gestammel des völlig neben sich stehenden Ernie an. Gleich würde er mit dem selbstlosen Angebot eines wirklich guten Freundes herausrücken.

„Pass mal auf ... Mensch, jetzt beruhig dich doch erst mal, Himmiherrgottsakrament! Also hör mir zu ... Du sollst mir zuhören!“ Tonlage und Lautstärke waren jetzt unmittelbar dem SEK-Handbuch für den Umgang mit bockigen Schwerkriminellen entlehnt.

„Ich habe da unten in Göppingen eine kleine möblierte Bude, damit ich nicht jeden Tag im Stau stehen muss. Da kannst du hin. Wenn die kleine Thailänderin vor der Tür steht, das ist die Putzfrau, da lässt du die Finger weg. Die große Ungarin kannst du pimpern, die nimmt vierhundert die Nacht ...“ Jens stockte und lauschte grinsend, „Wie, keinen Bock? Mann, lass dich bloß nicht hängen, die kommt wieder angekrochen, wenn sie sich abgeregt hat. Du hast doch selber gesagt, wer die mitnimmt, bringt sie am nächsten Morgen wieder. Blöde Sprüche? Musst ja nicht, war nur ein Angebot. Schönen Tag noch.“ Hastiges Gezeter drang aus dem Hörer und Jens schüttelte sich vor Wonne. Der Armleuchter, den hatte es aber gewaltig gebeutelt. Vierzehn Stiche! Wow, was für eine Leidenschaft, was für ein Weib! Die würde er nie im Leben wieder zurückbringen.

Nie! Er gab Ernie die Adresse durch, erklärte ihm, wo der Reserveschlüssel versteckt war (ja, sogar Bullen verstecken Hausschlüssel in künstlichen Steinen!) und sagte ihm noch die günstigste Zugverbindung durch. Das Auto hatte ja seine Holde. Als Jens das Telefon wieder in seine Halterung gesteckt hatte, ging er zum Wohnzimmerschrank und öffnete das Barfach. In dem Regal darüber stand ein Bild, das ihn zusammen mit dem damaligen Bundeskanzler Schröder zeigte. Beide hatten sie eine Flasche Bier in der Hand und lächelten dem Fotografen zu, als hätten sie gerade dem US-Präsidenten einen Moskwitsch verkauft.

Jens schenkte sich einen doppelten Bourbon ein und prostete dem Bild zu „Auf euch zwei clevere Schweinehunde, Cheers!"

Er schaute auf die Uhr: gleich sechs. Er würde sich was vom Italiener kommen lassen, fernsehen und so gegen dreiundzwanzig Uhr Nika anrufen. Gute Zeit. Wenn um diese Uhrzeit das Telefon klingelt, sind es entweder ganz üble Nachrichten oder richtig gute Freunde.

„Jens? Was für ein Jen..." Oha, gaaanz schwere Zunge! Die Arme, in den Suff getrieben von ihrem gewissenlosen Ehemann. Schwein. Bevor Jens noch Licht ins schummrige Dunkel von Nikas Erinnerung bringen konnte, fiel bei ihr der Groschen: „Ach, du bist das. Mensch, hast du mich erschreckt, ich dachte schon, es wäre was mit Fabio."

„Entschuldige meinen Anruf um diese Zeit, Nika, aber ich habe den ganzen Abend mit mir gerungen, ob ich dir das sagen soll oder nicht.“ Gerungen! Von Zweifeln zerfressen, mit widerstreitenden Gefühlen gekämpft und schließlich eine schwere Entscheidung getroffen, die ihm nicht leicht gefallen war, galt es doch abzuwägen, was wichtiger war, die Loyalität einer Männerfreundschaft oder der Anstand einer Frau gegenüber, die man schätzte und der bitteres Unrecht geschah. Eine solch ehrliche, aufrichtige und charaktervolle Frau wie Nika durfte man nicht betrügen. Niemals! Das hatte sie nicht verdient. Da musste man als ehrlicher, aufrichtiger und charaktervoller Mann einfach über den Schatten schulterklopfender, derber Männerkumpanei springen und Verrat üben. Verrat! Übler Begriff aus der Welt feiger Opportunisten oder erlaubtes Mittel im Kampf um Ehre und Gerechtigkeit? Teufel, was trank er da eigentlich?

„Was denn?“ Die eingeschlafene Zunge war mit einem Schlag wieder beweglicher geworden, der Unterton voll vibrierender Wachsamkeit. Ja, Nika, pass gut auf: Der Sandmann hat dir was mitgebracht.

„Es geht um Ernst, er hat, ich wollte sagen, er ist ...“ Jens druckste und stammelte wie ein ertappter Ladendieb. „Rang“ wieder mit sich (Kicher).

Nika nahm die Erklärung vorweg:

„Der Drecksack hat eine Andere. Irgendeine Schlampe, die seinen Schwanz vermisst und in zwei Sätzen vier Fehler baut. Wenn es das ist, was du mir sagen willst, dann ist das nichts Neues für mich. Nicht mehr ...“ Ein Schniefen kam aus dem Hörer, gefolgt von den typischen Geräuschen, die das Anzünden und erste Inhalieren einer Zigarette verursacht. Jens sah sie förmlich vor sich: das schmale Gesichtchen von harten Gramfalten durchzogen, die Augen verquollen, die Nägel abgekaut und mit angezogenen Beinen auf der Couch kauernd, den überquellenden Aschenbecher und ein leeres Weinglas vor sich. Nika trank Prosecco schon immer aus Weingläsern. Sektgläser fand sie affig. Mädchenkram. Außerdem passte in ein Weinglas mehr rein.

„Hast du schon mit ihm gesprochen?“ Gesprochen war gut. Jens unterdrückte ein Kichern.

„Gesprochen? Ich hab’ ihm einen Aschenbecher an seinen Idiotenschädel geworfen. Einen schweren. Aus Kristall. Der ist noch nicht einmal kaputtgegangen. Der Aschenbecher, meine ich.“

„Mein Gott, Nika, ist er verletzt?“

„Verletzt? Glaube schon. Das Arschloch hat mir die halbe Küche eingesaut. Als ich wiedergekommen bin, war er weg. Keine Ahnung, wo der jetzt ist. Will’s auch gar nicht wissen. Vielleicht leckt ihm ja seine Tussi die Wunden.“

„Nika, das tut mir alles so furchtbar leid. Ihr wart doch immer das Vorzeigepaar. Die Einzigen, die aus unserer alten Clique noch zusammen waren. Ich verstehe Ernie nicht. So eine Frau wie dich bescheißt man doch nicht. Du bist doch was ganz Besonderes. Schön, klug, eine Seele von Mensch. Solch einen Schatz gibt es doch kein zweites Mal auf dieser Erde.“ Oha, das war ja fast schon grenzwertig, diese Schleimerei. Aber die Kleine war schließlich hackedicht.

„Jens?“ Wäre sie nüchtern gewesen, hätte sie ihn jetzt mit Sicherheit gefragt, ob er hackedicht war oder was.

„Ja, Nika?“ Er gab alles, legte in diese drei Silben mehr Wärme, Mitgefühl und Verständnis wie ein Telefonseelsorger, der einen Selbstmörder vor dem tödlichen Sprung bewahren will.

„Jens, ich muss jetzt mit jemandem reden. Aber nicht am Telefon. Ich brauch jetzt jemanden, der mich festhält, sonst falle ich mitten durch die Erde durch; Jens, ich bin so durch den Wind ...“

Er hörte wie sie einen Schluck trank und schaute auf die Uhr. „Ich bin in einer Stunde bei dir. Leg den Schlüssel unter die Fußmatte und versuch’, ein wenig zu schlafen. Wenn du aufwachst, bin ich bei dir. Versprochen.“

„Jens?“

„Ja?“

„Danke, das du da bist, danke ...“

„Nichts zu danken. Ehrensache. Denk an den Schlüssel, Nika.“

Vierzig Minuten später bog der schwere BMW in die ruhige Wohnstraße ein, in welcher Nika und Ernst, äh, Nika ohne Ernst, wohnte. Einzig am Darmstädter Kreuz, wo die drei Blitzer standen wie eine Ehrenformation, war er vom Gas gegangen, ansonsten war sogar die berüchtigte A67 bis auf ein paar Laster so gut wie leer und der X5 rauschte wie ein Geschoss durch die Nacht. Knisternd kühlte das Triebwerk ab, als er den Wagen direkt hinter Nikas kleinen Honda in die Hofeinfahrt stellte. Er grinste, als er die Werbeaufschrift auf der Heckschürze las: *Krimis von Ernest Hemmigweg - Spannung von hier!* „Recht hat er, Langweilig ist woanders“, dachte er. Unter der Fußmatte lag kein Schlüssel und Jens wollte gerade sein professionelles Einbruchsset aus der Jackentasche holen, da ging die Treppenhausbeleuchtung an und Nikas schmale Silhouette erschien hinter der Milchglasscheibe der Haustür. Sie entriegelte die Tür und stand in einem albernen pinkfarbenen Hausanzug vor ihm, auf dem Affen mit Engelsflügeln um kleine Wölkchen kreisten. An den Füßen trug sie Plüschschläppchen mit Mausohren und aufgenähten Augen. Sie sah aus wie eine Zwölfjährige, wenn man mal von dem verweinten Gesicht absah.

„Nika, Kleines!“ Er breitete die Arme aus und sie ließ es geschehen, ja sie presste sich an ihn wie ein Kind, das nach stundenlanger Suche endlich wieder seine Mama gefunden hat. Er genoss es, ihren Körper, der absolut nichts von einem Kind an sich hatte, durch den flauschigen Stoff zu spüren. Als sich zwischen seinen Beinen etwas regte, schob er sie behutsam ins Treppenhaus zurück und löste die Umarmung. Am liebsten hätte er sie auf seinen Armen die Treppe hochgetragen, doch das ginge dann wohl doch etwas zu weit. Sie stieg in ihren albernen Schläppchen vor ihm die Treppe hinauf und er konnte den Blick nicht von ihrem knackigen kleinen Hintern lösen. Seit über dreißig Jahren wurde dieser fantastische Körper von dem tumben Ernie begrapscht! Was für eine Verschwendung! Sie führte ihn ins Wohnzimmer, entschuldigte sich für die Unordnung, welche gar keine war (typisch Hausfrau) und fragte ihn, was er trinken wollte.

„Kaffee wäre nicht schlecht“, sagte er und ergänzte schnell, „mit Schuss, wenn du was da hast. War ’ne kurze Nacht und eine anstrengende Fahrt.“ Sie deutete auf einen Sessel und er machte es sich bequem. Sie verschwand in der Küche und befriedigt vernahm er die Geräusche eines Kaffeevollautomaten. Ehrfürchtig betrachtete er den klobigen Kristallaschenbecher auf dem flachen Couchtisch. Mein lieber Mann! Mit dem Ding wird man schneller zum Mörder, als man denkt.

„Wie hast du es erfahren? Hat er es dir gesagt?“ Sie stellte die Kaffeetassen auf den Tisch und seine Nase registrierte, dass sie auch ihr eigenes Getränk großzügig mit Cognac verfeinert hatte.

„Da ...“, sie legte ihm ein zerknittertes, fleckiges Blatt Papier hin, das ihm sehr bekannt vorkam.

„Wie, der lässt sich seine Briefe nach Hause schicken?“

Sie lachte kurz und abgehackt, es klang fast wie eine halbautomatische Waffe, „Er behauptet, das müsse ihm jemand in die Tasche seines Jacketts getan haben. Nicht zu glauben, oder? So einer behauptet ernsthaft, er sei Schriftsteller und dann kommt er mit so einem Spruch, allein dafür gehört er schon erschossen!“

„Du willst ihn erschießen?“ Jens stellte diese Frage in einem sachlichen, geschäftsmässigen Ton, so, als ob es sich um ein Ausstattungsdetail einer Küchenmaschine handeln würde.

Ihre Augen blitzten und mit einem Schlag war jede alkoholbedingte Verschleierung daraus verschwunden. Die gute Nika war trainiert. Das bisschen Prosecco, Wodka und Cognac warf die noch lange nicht um.

„Ja, ich will ihn erschießen. Nicht, weil er mit irgendwelchen Weibern rumvögelt, nein, ich will ihn abknallen, weil er mich dreckig grinsend angelogen hat. Darum, und dann geh ich in den Knast und habe endlich meine Ruhe."

„Bis auf den Knast klingt das doch gar nicht schlecht. Ich glaube, ich hätte da was für dich ..."

Sie lachte: „Wir wissen nicht, was dieser freundliche Polizeibeamte empfiehlt, wir raten bei Todeswunsch zu bla bla bla ...", sie stürzte den Cognac mitsamt seinen drei Tropfen Kaffee auf ex. Was für eine Frau!

„Nika, hör mir bitte zu. Nika!" Sie legte den Kopf schief und grinste ihn an, wie einen Staubsaugervertreter, den sie die ganze Wohnung hatte putzen lassen, ohne hinterher etwas zu bestellen.

Jens Brundt sprach fast eine Stunde. Nikas Gesicht spiegelte zuerst Neugier, dann fassungsloses Erstaunen und schließlich pure Ungläubigkeit wider.

Kein Wort hatte die ihm geglaubt. Nicht eine Silbe! Als ein neuer trüber Novembertag anbrach, ging sie mit ihrem kindischen Flannellanzug in ihr Bett und er richtete sich auf der Couch ein. Seine vorsichtigen Avancen hatte sie freundlich aber bestimmt abgelehnt. Erstens sei sie etwas angetüdelt, zweitens verheiratet und drittens nicht so eine ...

Er erwachte kurz vor drei Uhr nachmittags vom Geräusch der Dusche. Rasch schlüpfte er aus seiner Unterwäsche, öffnete leise die Badezimmertür und räusperte sich.

„Habt ihr kein Gästeklo?“, fragte er scheinheilig.

„Oben, in der Dachwohnung“, kam es unbekümmert hinter dem Duschvorhang hervor, so als sei es das Normalste auf der Welt, dass Besucher ins Bad kommen und um eine Auskunft bitten.

„Aber bei uns wird sich hingesetzt, verstanden!“, ergänzte sie noch.

Jens schob den Vorhang beiseite, stieg zu ihr in die Wanne und umarmte sie zärtlich, „Danke, wir stehen lieber.“

„Aber ...“ Ihr Widerstand war lediglich eine letzte moralische Barriere. Eine Sperre, die sich unter seinen Händen und jeder Menge Seifenschaum in nichts auflöste.

Später saßen sie dann beide auf der Couch und tranken Kaffee. Ohne Cognac.

„Nika, ich ...“, begann er und spielte wieder die Rolle des dackeläugigen guten Freundes.

„Bild’ dir bloß nichts ein, Frauen sind manchmal auch nur Männer“, erwiderte sie schnippisch und sog an ihrer Zigarette.

„Besonders männlich bist du mir aber nicht vorgekommen, ganz im Gegenteil, ich habe noch nie was mit einer Frau wie dir gehabt. Die Natur hat dich im Alter von 19 Jahren glatt vergessen. Beneidenswert, neben dir fühl ich mich wie ein alter Opa.“

„Der als Kind in die Viagra-Suppe gefallen ist, oder was?“ Sie kicherte wie ein Schulmädchen. Nika verwirrte ihn. Zum einen war sie kühl und berechnend, dann wieder ausgelassen, fast kindisch. Vielleicht lag das daran, dass sie noch nie aus ihrem Herzen eine Mördergrube gemacht hatte. Sie war Nika. Punkt. Unverstellt, ohne jede Allüren und ohne jemals den Wunsch verspürt zu haben, irgendjemand anderes sein zu wollen. Sie scherte sich einen Dreck darum, was andere von ihr hielten, lebte ihr Leben nach ihren Regeln und teilte die Menschheit in zwei Lager: Arschlöcher und solche wie sie. Es würde nicht leicht sein, zu konvertieren.

„Das, was du mir heute Nacht erzählt hast, das gibt's doch gar nicht, oder? So was schafft doch kein Mensch, damit könntest du bei Gottschalk Wettkönig werden."

„Bei Lanz."

„Hä?"

„Lanz. Der Moderator von „Wetten dass?" heißt jetzt Markus Lanz."

„Ich denke, der hat den Traktor erfunden?" Jens Brundt wandte den Kopf und schaute in ihre herrlichen großen Rehaugen, um die sich ein schwacher Kranz von Lachfältchen kräuselte, trotzdem fühlte er sich magisch von ihr angezogen. Er legte den Arm um ihre schmale Schulter und küsste sie. Als er mehr wollte, wehrte sie ihn energisch ab, „Benimm dich. Einmal am Tag ist genug. Alles andere wäre Verschwendung."

Hat man da noch Worte?

Eine Woche später:

Kein Wort hatte die ihm geglaubt. Keine Silbe! Jens Brundt grinste und drückte die Sprechtaste seines Funkgeräts. „Eins an alle Einheiten: Sperrfeuer um 1600, wiederhole eins sechs null null. Bestätigen."

Scheppernd verkündeten seine Jungs ihre Klarmeldungen. Jens fixierte die von zahlreichen schrundigen Streifschussmarken zerkratzte Hausecke. Einer der Kratzer war mit gelber Kreide hauchfein markiert. Nur mit der sensiblen Zieloptik seines Scharfschützengewehrs konnte er das Zeichen erkennen. Jede freie Minute hatte er in den letzten Tagen trainiert. Was er vorhatte, hatte noch keiner geschafft: eine Kugel so gegen eine Betonwand schießen, dass sie als Querschläger genau ihr Ziel traf. Wie beim Billard. Fast. Nur dass das Heckler & Koch-Scharfschützengewehr seine Kugeln mit „etwas" mehr Energie losschickte, als ein Billardqueue. Einen Querschläger in ein vorher definiertes Ziel zu bringen, war ungefähr so schwer, wie beim Roulette die Kugel ins gewünschte Fach rollen zu lassen. Schon lange bevor Nikas Zorn über den armen Ernie kam, hatte sich Jens mit diesem Kunststück beschäftigt. Er war der beste unter allen deutschen Scharfschützen. Keiner konnte sich mit ihm messen. Das mit dem Querschläger würde ihn zur Legende machen. Längst vorbei war die zermürbende Vorbereitungszeit voller Tabellen, Computermodelle und Aufenthalte in Ballistiklabors. Er wusste alles über die Theorie. Hunderte Kohlköpfe und Kürbisse hatte er schon voll Blei gepumpt. Auf eigene Rechnung, wohlbemerkt. Vater Staat hatte nicht einen müden Steuercent übrig für die abgefahrenen Hobbys ehrgeiziger SEK-Freaks. Heute würde Nika ihre Meinung ändern. Sein Argument hatte das Kaliber 7,62 und befand sich bereits in der Kammer. Heute Abend gehörte sie ihm. Ihm ganz allein.

„Eins an Gast: Alles klar da drüben?"

„Roger!", kam es übertrieben schnarrend zurück.

Jens grinste und drückte erneut die Sprechtaste. „Halt mir bloß die Rübe still, hörst du?"

„Jou!" Na also, wir sind hier schließlich nicht bei der NASA. Jens hatte den Polizeidirektor zwei Tage lang genervt, bis dieser widerstrebend eingelenkt hatte. Normalerweise hatten Zivilpersonen im Übungsdorf des SEK nichts zu suchen. Schon gar nicht, wenn mit scharfer Munition geschossen wurde. Jens hatte sich bereit erklärt, die volle Verantwortung für den Herrn Krimiautor zu übernehmen.

„Ich zieh' Ihnen die Haut ab, wenn dem auch nur ein Pulverkörnchen ins Auge kommt, Brundt! Verlassen Sie sich drauf!", hatte der alte Habermehl gedroht, was Jens nicht sonderlich beeindruckte. Klar, es würde ein Riesentheater geben. Kommissionen würden gebildet, Ausschüsse würden tagen, der Innenminister würde sich öffentlich entschuldigen und dann würde man zum Sportteil übergehen ... Sie würden ihm als verantwortlichem Kommandeur vielleicht sogar eine Rüge erteilen, ihn und seinen ganzen Zug für die Dauer der Untersuchungen suspendieren und all so'n Scheiß. Er sah Nikas Elfenfigur vor sich. Die Frau war dies alles wert. Hundertpro!

Das heutige Szenario hatte er höchstpersönlich entwickelt: Ein durchgeknallter Waffensammler drohte ein ganzes Mietshaus in Schutt und Asche zu legen. Geplant war zunächst ein Ablenkungs- und Sperrfeuer, um einem zweiten Trupp die Möglichkeit zu geben, ungehört ins Haus einzudringen, um verbliebene Bewohner in Sicherheit zu bringen. Jens hatte es so eingerichtet, dass mindestens vier Leute auf die bewusste Hausecke ballerten, so dass der todbringende Querschläger keinem bestimmten Schützen zuzuordnen wäre. Ballistiker vollbrachten zwar Wunder als Teil ihres Berufsbildes, aber eine vom Aufprall auf massiven Beton deformierte Kugel, die dann noch mit beträchtlich reduzierter Energie schartig aufgepilzt in einen menschlichen Schädel platschte, konnte auch der genialste Eierkopf keiner bestimmten Waffe mehr zuordnen. Aus diesem Grunde wurden früher bei Erschießungen auch immer mehrere Schützen aufgestellt. In einem der Gewehre war immer eine Platzpatrone, so dass jeder im Exekutionskommando sich an die Vorstellung klammern konnte, er habe den Delinquenten gar nicht erschießen können. Menschen sind so.

Jens schaute auf seine Uhr: 15.59 Uhr. Routiniert entspannte er sich. Er lag auf dem Bauch, das HK auf einem kurzen Stativ vor sich und das Okular des Schmidt & Bender-Zielfernrohres dicht vor seinem rechten Auge. Mit dieser Waffe konnte er auf 600 Meter dem Bundesadler auf einer Euro-Münze das Auge ausschießen. Sein rechtes Auge sah die feine gelbe Linie in gestochener Klarheit, sein linkes hatte den Sekundenzeiger seiner Uhr im Blick. Er hasste Digitaluhren. Seelenlose Anzeigeinstrumente. Er brauchte Zeiger, die sich bewegten, er wollte den Weg sehen, den sie noch zu gehen hatten und den, der hinter ihnen lag. Seine zerschrammte alte Timex hatte ihn noch nie im Stich gelassen. Der Sekundenzeiger sprang auf die 58. Jens stoppte seine Atmung. Der einzige Muskel, den Jens zwei Sekunden später aktivierte, war der des rechten Zeigefingers. Samtweich zog er den Abzug. Gemeinsam mit seinen drei Kameraden, die neben ihm lagen und acht anderen, die er in und auf den umliegenden Gebäuden postiert hatte. Ein prasselndes Ballern jagte durch die frostige Luft der schwäbischen Alb. Vierzig Sekunden, länger nicht.

„Zwo, gesichert!“, klang es aus dem Funkgerät, „Drei, gesichert!“, „Vier, gesichert“. Seelenruhig wartete Jens auf die eine Nachricht, deren Formulierung mit Sicherheit in keinem Funk-Handbuch stand.

Na ...?

„Scheiße, schau dir das an! Scheiße, Scheiße, Scheiße!“

Geht doch.

„Wahren Sie Funkdisziplin, Mann, identifizieren Sie sich!“, bellte Jens und unterdrückte gerade noch das erleichterte Grinsen, als er sah, wie die anderen in seiner Stellung ihn anschauten.

„Fünf, Jens, fünf! Scheiße, den hat's erwischt!“ Fünf. Das war Mehmet. Schade, der junge Polizeikommissar tat ihm aufrichtig leid. Feiner Kerl. Klug, ruhig und besonnen. Der würde mal seinen Weg machen. Vorausgesetzt, das hier warf ihn nicht um. Er würde sich um den Kameraden kümmern. Jetzt war der richtige Zeitpunkt, selbst aufzustehen und zu schauen, ob er die gelbe Linie wirklich korrekt angebracht hatte ...

Er sicherte die Waffe, schulterte sie und ging auf die kleine Gruppe zu, die im Halbkreis um die Deckung stand, die er Ernie zugewiesen hatte. „Halt ja die Rübe still!“, hatte er ihm noch gesagt. Bei einer solch diffizilen Sache war jeder

Zentimeter entscheidend. Ein Halsdurchschuss, ja selbst ein Kopfschuss im richtigen Bereich, musste nicht unbedingt tödlich sein, zumal bei einem relativ kleinen Kaliber wie dem 7,62er Nato. Doch das, was er in der Senke hinter dem kleinen Mäuerchen sah, war tot. Unbedingt. Wer beim SEK genommen wurde, war kein Weichei. Rambos hatten aber genauso wenig eine Chance. Wer hier mit scharfen Waffen operierte, war mindestens schon zwei Jahre dabei, hatte Dutzende von schweren Einsätzen hinter sich, und war schon ziemlich abgebrüht. Was Querschläger oder Hohlspitzgeschosse anrichteten, hatten sie auf Lehrgängen an Schweinehälften gesehen. Das hier war keine Schweinehälfte. Mehmet übergab sich hinter einer Hausecke. „Den bau ich uns wieder auf", dachte Jens. „Wenigstens war er nicht bei meiner Gruppe." Er schaute sich die grausigen Überreste ein letztes Mal an, wandte sich ab und spuckte angewidert aus.

Scheißjob, aber was tat man nicht alles für warme, weiche Haut, leises Stöhnen und Seufzen und die Gewissheit, endlich am Ziel zu sein?

Prosecco, oder? Genau! Prosecco mochte die süße Nika. Na dann, Cheerio!

„Wenn Krimis realistisch wirken sollen, dann darf man niemals von der Realität abschreiben. Viel zu viele Klischees!“
Ernst Hemmig, alias Ernest Hemmigweg - Krimiautor
† 2012

Montags im Stoffstübchen

„Aber hallo, schwarze Witwe, oder was?“, röhrte Jule, als Nika in dunklen Leggings und schwarzem Strickkleidchen erschien.

„Ernst ist tot.“ Es klang ganz genau so, als würde sie sagen: „Das Blaue ist in der Wäsche“. Schnaufend wuchtete sie ihre schwere Nähmaschine auf den Arbeitstisch, ließ die große Stofftasche von ihrer schmalen Schulter rutschen und setzte sich. Verwundert musterte sie die anderen, die sie allesamt mit mehr oder weniger offenen Mündern anstarrten.

„Was ist? Lasst uns anfangen. Oder soll der Mystery erst für nächstes Weihnachten sein?“

„Was ist mit Ernst?“ Maurizia hatte sich als Erste wieder gefangen. Ihre Zunge huschte emsig über ihre trockenen Lippen. Bernardine dachte zuerst, das erwartungsvolle Hecheln käme von ihr, aber es war nur Django, der wieder auf ein Schweineohr lauerte.

Nika rollte mit den Augen, „Er ist tot, das sagte ich bereits. Seit Freitag. Beerdigung ist am Mittwoch. Soll ich hinterher ein paar Schnittchen machen, oder lassen wir was vom Italiener kommen?“ Seelenruhig packte sie ihre Nähsachen aus, während reihum akute Atemnot grassierte.

Kurz gesagt: Nika war die Einzige, die an diesem Abend an ihrem Mystery-Quilt arbeitete. Alle anderen hingen an ihren Lippen, die, wenn sie nicht gerade Nadeln damit festhielt, in munterem Erzählton das leidvolle Ableben des plötzlich gar nicht mehr so lieben Ernie beschrieben.

„Der war also gerade so ein Dreckspatz wie dein Carlo, liebe Bernardine. Dem wein' ich keine Träne nach. Dem nicht. Der liebe Gott hat genau zum richtigen Zeitpunkt diese verirrte Kugel geschickt."

„Oder die böse Göttin ...", warf Maurizia ein. Alle wussten, dass Ernst Nika bei jeder Gelegenheit seine „Göttin" nannte. Äh, genannt hatte.

Nika schenkte ihr einen Blick unter halb heruntergelassenen Lidern, der allein schon gegen das Kriegswaffengesetz verstieß, und lachte kurz und humorlos auf.

„Ha, und damit ihr's gleich wisst: Das Prachtexemplar, das auf dem Friedhof die gramgebeugte Witwe stützt, ist mein Neuer. Jens. Genau der, bei dessen Übung dem Ernie der Kopf geplatzt ist. Josefa? Ist dir nicht gut?" Kopfschüttelnd schaute sie ihrer Quiltfreundin hinterher, die, weiß wie die Wand aus dem Zimmer stürmte.

„Na, die sollte doch eigentlich schmerzfrei sein, oder?", brummte Jule und zündete sich die gefühlte hundertste Kippe des Abends an.

Maurizia lachte dreckig, „So, dann haben wir ja jetzt alle durch, oder? Wie soll's jetzt eigentlich weitergehen? Am Ende werden wir wieder ein richtig langweiliges, altmodisches Nähkränzchen."

„Meine Güte", Bernardine schüttelte entgeistert den Kopf, „du und Ernst, ihr wart doch das Traumpaar schlechthin. Der hat dich doch auf Händen getragen, dir jeden Wunsch erfüllt. Ja, du hast sogar mal Gedichte von ihm mitgebracht, die er dir geschrieben hat. Das war doch ein ganz Lieber."

Nika nickte, und legte einen neuen Oberfaden in ihre Maschine, „Das fand wohl auch diese Tussi mit ihrer einsamen Mumu. Jennifer heißt die! Könnt ihr euch das vorstellen? Jennifer! Jennifers sind gemeinhin nicht älter als dreißig!" Langsam bröckelte Nikas beherrschte Fassade und gab den Blick frei auf blanken Hass und ungeheuren Frust.

Maurizia ergriff wieder das Wort: „Dreißig? Dann hätte sich das Problemchen in relativ kurzer Zeit wahrscheinlich von selbst erledigt. Die wäre ganz schnell wieder weg gewesen, wenn die erst mal gemerkt hätte, dass dein alter Ernie nicht mehr fünfmal hintereinander kann. Da hätte es keine verirrte Kugel gebraucht." Das Wort „verirrte" sprach sie überbetont aus, so dass alle wussten, was sie von diesem „tragischen Unglücksfall" hielt. Da war einer weggeputzt worden. Wieder mal. Auf raffinierte und ausgeklügelte Weise. Auf Frauenart eben.

„Vielleicht sollten wir als nächstes mal einen Mordsquilt nähen", schlug Jule vor und amüsierte sich prächtig bei dieser Vorstellung.

„Da bin ich auch schon drauf gekommen, Mädels", grinste Nika und griff in ihre Tasche. Was sie dann auf den Tisch legte, verursachte erneut ergriffenes Schweigen in der Runde. Josefa kam gerade wieder zur Tür herein, streckte den Hals, um über Jules gewaltige Schulter zu schielen, und verzog angewidert das Gesicht.

„Die linke Ecke ist nicht sauber vernäht“, tadelte Bernardine, „aber die Farbauswahl ist dir gut gelungen.“

„Am besten ist die Kippe!“, grölte Jule und befreiendes Gelächter kam auf. Bloß Josefa hockte mit verkniffenem Mund auf ihrem Stuhl.

„Sefaschen, schau nicht so betüdelt. Ist doch alles nur Spaß!“ Maurizia wandte sich den anderen zu, „Alles nur Spaß, nicht wahr?“ Augenrollend und mit übertriebenem Ernst bestätigten die drei anderen diese These.

Nika holte ein zusammengerolltes A2-Papier aus der Tasche, „Ich habe mal eine Planskizze angefertigt. Ist zwar nicht so doll geworden, aber man kann erkennen, was gemeint ist!“ Maurizia pfiff anerkennend wie ein Gassenjunge.

Nika stand auf, schob Nähkörbchen, Stoffe, Rollschneider und Lineale zur Seite und breitete den Plan auf dem Tisch aus. Es war ein so genannter Story-Quilt, also eine Art Comic-Strip aus Stoff.

Jule drückte ihre Kippe aus und sagte: „Du weißt schon, dass so etwas irgendeinen komplizierten lateinischen Namen hat und stationär behandelt werden muss, oder?“

Nika scherte sich nicht darum und erklärte mit leuchtenden Augen die einzelnen Motive des Quilts. Es war in der Tat beängstigend: Ausgerechnet die Figur namens Sunbonnet-Sue, ein süßes kleines Mädchen mit überdimensionalem Sonnenhut, hatte sie sich als Grundmotiv ausgewählt. Nur ... süß war an Nikas Figuren absolut gar nichts mehr: bewaffnet mit Messer, Revolver, Galgenstrick, Sense und Hackebeil erinnerten sie eher an geschmacklose Halloweenscherze als an die amerikanische Traditionsfigur. Unter manchen der Sonnenhauben lugte auch noch ein qualmender Glimmstängel hervor.

„Du bist vielleicht derb drauf!“, schnaufte Maurizia und jeder im Raum bemerkte die unverhohlene Anerkennung in diesem kurzen Satz.

„Hier in die Mitte kommt dann das Friedhofsmotiv, wo die sich immer alle treffen und ihre Toten beweinen.“ Nika sah aus wie ein Schulmädchen, dem ein ganz besonders hübsches Blumenbild gelungen ist.

„Wo ist eigentlich Josefa?“, fragte Bernardine. Niemand hatte bemerkt, dass die Freundin nicht mehr im Raum war. Jule erhob sich, wobei sie mit dem Kopf gegen den Lampenschirm stieß, und wie ein Heringsfischer fluchte.

„Die ist eben raus, ich glaub’, die flennt. Ist eben ein bisserl dünnhäutig, das Hascherl. Ich kümmer’ mich um sie.“

„Sagte der Bulldozer und überfuhr die Maus“, lästerte Maurizia, um dann, zu Nika gewandt, ihr Urteil abzugeben: „Also ich find’ das Teil genial. Ich mach’ da mit. Ich kümmere mich um den Stoff und messe alles aus. Von mir aus können wir gleich nächste Woche damit loslegen. Männer zum Wegräumen sind ja jetzt keine mehr da!“

95 Prozent aller Straftaten gegen die körperliche Unversehrtheit und das Leben werden von Männern begangen. Quelle: deutsche Kriminalstatistik.

„Frauen morden genauso oft wie Männer. Nur nicht so dumm."

Jule van Hangstrathen

Draa di net um! Der Kommissar geht um ...

Nichts hasste der Mann mehr als Beerdigungen. Nie hatte er verstanden, dass manche Menschen auf Beerdigungen gehen, wie andere in die Stammkneipe. „Eh scheenie Leich", wie es in der Kurpfalz hieß, war noch nie sein Ding gewesen. Schlimm genug, dass er bei seiner eigenen irgendwann einmal anwesend zu sein hatte. Jetzt stand er hier im Nieselregen auf dem Waldfriedhof von Lampertheim. In Krimis regnet es immer, wenn einer in die Grube fährt. Vier Wochen kein Tropfen, und wenn er einmal auf den Friedhof ging, pisste es. Der Mann fühlte sich von Gott gemobbt. Dabei war es seine eigene Idee gewesen. Observation im Umfeld des Opfers. Handbuch für Kriminalistik, 34. überarbeitete Auflage 2010. Ja, der untersetzte Mann mit den strähnigen grauen Haaren unter dem grünen Filzhut und den verquollenen roten Augen des Gewohnheitstrinkers war Kriminalist. Kriminalhauptkommissar Hans-Peter Bluhm wurde in 13 Jahren siebzig, wie er oft ironisch bemerkte und sah schon seit zehn Jahren so aus, wie seine Kollegin Anna-Maria Funke, das „Funkemarieche", noch häufiger liebevoll stänkerte.

Der Dreitagebart sah bei Bluhm weder modisch noch cool aus, sondern einfach nur ungepflegt, was von dem abgetragenen, am Saum ausgefransten, Trenchcoat noch unterstrichen wurde. Ein Penner. Einer, der durch das soziale Netz gepurzelt ist, trotz seiner mächtigen Wampe. Dies war der Eindruck, den der Kommissar auf den ersten Blick hervorrief, und den er gut zu nutzen wusste. Trotz seiner regelmäßigen Alkoholexzesse verfügte Bluhmepeter über einen fast legendären Ruf, was die Klärung besonders verfahrener Fälle und sogenannter Cold-Cases, Fälle, die schon seit Jahren ungelöst vor sich hin staubten, betraf.

Deshalb war er hier. Nicht, weil der Fall so alt war, dass alle Beteiligten verstorben waren und er hier dem mutmaßlichen Haupttäter die letzte Ehre erwies. Nein. Das hier war frisch. Frischer geht gar nicht. Bei einer Übung war ein Zivilist ums Leben gekommen. Ein Querschläger hatte ihm den Kopf ausgeblasen wie ein Osterei. KHK Bluhm leitete turnusgemäß die Abteilung für interne Ermittlungen. Turnusgemäß. Weil diese Kacke keiner machen wollte. Er auch nicht. Er schon gar nicht! Er hatte selbst schon diese Aasgeier und Nestbeschmutzer an der Hinterbacke gehabt. Zum Kotzen! Angewidert spuckte er aus. Von den Trauergästen hatte die unpassende Aktion zum Glück niemand bemerkt. Wie sich das gehörte, stand er in einigem Abstand vor einer Thujahecke, die ihn wenigstens vor dem unangenehmen Wind bewahrte, der von Westen über die Spargeläcker gebraust kam.

Es war keine große Sause. Die übliche Schar, bestehend aus Heuchlern, traurigen Freunden, glücklichen Feinden, Erbschleichern und gelangweilten Rentnern. Die Verwandtschaft teilte sich wohl wie üblich gerecht unter den Vorgenannten auf.

Einzig eine Gruppe, bestehend aus fünf Frauen, erregte seine Aufmerksamkeit. Aufgrund der Ermittlungsakten erkannte er unschwer die Frau des Opfers, Monika Hemmig. Um sie herum standen vier dunkel gekleidete Frauen wie besorgte Glucken. Eine von ihnen stach besonders hervor. Unter einem keck auf der Seite getragenen Barrett wallte eine mächtige weißblonde Mähne hervor. Die Frau war fast zwei Meter groß und selbst aus dieser Entfernung verrieten ihre Haltung und ihre Gestik ein gut entwickeltes Selbstbewusstsein. Bluhm war von dieser Gruppe sofort fasziniert. Er konnte nicht ergründen, warum, aber sein Ermittlerinstinkt widerstand selbst massiven Angriffen hochprozentiger schottischer Alkoholika. Irgendetwas ging von diesen fünf Frauen aus, das etwas in ihm zum Klingen brachte.

Rechts von ihm wurde seine Aufmerksamkeit auf eine hochgewachsene Gestalt gelenkt, die mit hastigen Schritten, einen Regenschirm schräg vor sich haltend, auf die Trauergesellschaft zustrebte. Ein offensichtlich verspäteter Trauergast. Jetzt erklang auch die dünne hohe Stimme des Priesters, dessen einzelne Worte der Wind mit sich forttrug wie die welken Blätter, die sich bis zuletzt noch an den fast kahlen Bäumen gehalten hatten. Der Eilige hatte die fünf Frauen erreicht und bereitwillig öffnete sich die Phalanx schwergewichtiger Weiblichkeit, um den Neuankömmling aufzunehmen. Hände wurden gedrückt, Floskeln gemurmelt und dann widmete man sich wieder den tröstenden Worten des Klerikers. Der Mann legte einen Arm um die Witwe und zog sie an sich. Es war dieses Bild, das den

Kommissar irritierte. Der große Mann und die zarte kleine Frau. Die Art, wie der Mann die Frau hielt, war mehr als nur trostspendende, körperliche Präsenz. Da hatten sich zwei so richtig lieb ...

„Das hat aber nicht lange gedauert", brummelte Bluhm in seinen eisgrauen Stoppelbart, „da hat wohl schon jemand in den Startlöchern gehockt." Verstohlen zündete sich Bluhm eine Eckstein an und sog gierig den würzigen Rauch in seine Lungen. Das Totenglöcklein begann seine eintönige Bimmelei und alle senkten die Köpfe, um das Vaterunser zu beten.

„Scheiße", dachte Bluhm, „ich kann noch nicht einmal mehr das Vaterunser." Nach dem gemeinsamen Gebet formierten sich die Menschen und defilierten an der Witwe vorbei, um ihr Schäufelchen Erde auf den schlichten Sarg prasseln zu lassen. Es war dieses dumpfe Geräusch, welches Bluhm auf Beerdigungen am meisten zu schaffen machte. Das war das Endgültige. Nicht das Glockengeläut, nicht das Beten und schon gar nicht die schleimige Süßholzraspelei der Pfaffen. Es war dieses dumpfe Wump auf dem Deckel der Kiste. Die Gesellschaft löste sich auf und Bluhm drückte sich tiefer in den Schatten der Thujahecke. Der Mann und die Witwe gingen jetzt eng umschlungen, ganz wie ein träumendes Liebespaar an einem einsamen Strand. Niemand bemerkte den verwahrlost wirkenden Typen abseits der Wege. Niemand sah, wie dem Mann die Kippe aus dem Mund fiel und sein Unterkiefer herunterklappte, als sei eine mürbe Aufhängung gebrochen.

Die halb aufgerauchte Eckstein verzischte in der schlammigen Pfütze, die sich rund um die Füße des Kommissars gebildet hatte. Er hatte für einen Augenblick das Gesicht des großen Trösters sehen können. Ein Gesicht, welches er gut kannte. Jetzt klickten plötzlich auch die winzigen Puzzleteilchen wie von Geisterhand bewegt zusammen, die schon eine geraume Zeit unbemerkt durch sein Unterbewusstsein getaumelt waren: der Gang, die muskulöse Gestalt, die Art, wie der Mann den Kopf neigte ...

„Gottverdammich!“, presste Bluhm hervor und war sich gar nicht bewusst, wie unpassend dieser Fluch in solch einem Umfeld war, „Brundt. Jens Brundt, Kommissar ihrer Majestät, mit der Lizenz zum Ballern.“ Fassungslos starrte er dem Paar hinterher. War das Ermittlungsverfahren bis zu diesem Zeitpunkt von Routine und starren Dienstvorschriften geprägt, so war das Auftreten des SEK-Kommandeurs die Wende.

Natürlich konnte es für Brundts Verhalten auch eine ganz natürliche und gesellschaftsfähige Erklärung geben. Womöglich waren Monika und Ernst Hemmig schon länger mit dem befreundet und er war wirklich und wahrhaftig ein guter Freund, der den Gram der Witwe zu lindern versuchte.

Die Witwe ... Er hatte auch in ihr Gesicht gesehen. Zwar trug sie einen eleganten flachen Hut mit breiter Krempe, der Teile ihres Gesichts verbarg, doch das, was Bluhm kurz gesehen hatte, während sie in Brundts starkem Arm zum Ausgang strebte, war kein verbittertes, leidendes Antlitz. Nein. Was er gesehen hatte, war ein stilles, glückliches Lächeln.

Nun ist die menschliche Psyche ein merkwürdiges Ding, und der desillusionierte alkoholkranke Kommissar wusste, was Grenzsituationen mit den Gefühlen von Menschen anstellen konnten. Aber das ... Bluhm war ein tiefgläubiger Mensch. Er glaubte felsenfest an das Böse im Menschen und leugnete hartnäckig die Existenz des Zufalls. Diese Doktrin war die Grundlage für seine Erfolge als Mordermittler und diese wiederum der Grund, warum er nicht schon längst wegen seiner unzähligen Verstöße gegen die Dienstordnung achtkantig aus der Kripo geflogen war.

Die Trauergemeinde hatte sich verzogen. Auf einer benachbarten Buche hatte sich ein Rabe niedergelassen und krächzte ihn an, was er denn noch hier verloren habe. Bluhm trat aus seiner Deckung, warf den Arbeitern mit ihrem Minibagger am offenen Grab noch einen letzten Blick zu und bewegte sich ebenfalls in Richtung Ausgang.

In der hintersten Ecke des Parkplatzes erkannte er den massigen Geländewagen von Jens Brundt. Zwischen den einzelnen Parkplatzreihen hatte das Friedhofsamt Hecken und Gebüsch gepflanzt, in dessen Schutz er sich vorsichtig dem BMW näherte. Ein kurzer Blick durch die Seitenscheibe auf das eng umschlungene, sich leidenschaftlich küssende Paar bestätigte seine Ahnungen. Jens Brundt musste schon ein sehr, sehr guter Freund der Familie sein. Wahrscheinlicher war aber, dass Monika Hemmigs Familie ihm schlicht und ergreifend am Arsch vorbeiging.

Bluhm hatte genug gesehen. Er verließ den Parkplatz, stellte sich in das mit Graffiti besprühte Buswartehäuschen und zog sich den Hut tiefer ins Gesicht, falls der BMW den Parkplatz verließ, bevor der Stadtbus kam. Es hatte allerdings nicht so ausgesehen, als hätten es die beiden Turteltäubchen besonders eilig gehabt. Im Präsidium würde er sich gleich die Akte vornehmen und sich die Adresse dieser lustigen Witwe aufschreiben. Er hatte das Gefühl, dass da noch mehr im Busch war. Die vier Frauen fielen ihm wieder ein. Möglich, dass seine Fantasie mit ihm durchging, aber diese Gruppe schwarzgekleideter Weiber strahlte für sein Empfinden etwas Hochkonspiratives aus. Denen fehlten nur noch Ku-Klux-Klan-Klamotten.

Der Bus kam. Bluhm stieg ein und setzte sich auf der linken Seite ans Fenster. Gerade fuhr der schwarze X5 vorbei. Hinter der regennassen Scheibe erkannte er Monika Hemmig auf dem Beifahrersitz.

„Draa die net um ..." erklang ein altes Lied von Falco in seinem Kopf, „schau, schau, der Kommissar geht um ..."

„Liebe –
zweithäufigstes Mordmotiv neben der Habgier."
Hans-Peter Bluhm, Kriminalhauptkommissar

Montags im Stoffstübchen

„Nur über meine Leiche!", trompete Maurizia entrüstet.

„Das lässt sich einrichten, oder?", Jule gluckste vor unterdrückter Heiterkeit, „wir sind doch mittlerweile Spezialistinnen, was das betrifft."

Josefa stand abrupt auf und funkelte Jule böse an, „Du bist unmöglich! Und überhaupt: Ich habe eure blöden Anspielungen und Geschmacklosigkeiten langsam satt. Wenn das so weitergeht, dann komme ich gar nicht mehr her!"

„Oh la la, meine lieben Damen", versuchte Bernardine zu beschwichtigen, „es wird nichts so heiß gegessen, wie es gekocht wird. Räumen wir ihm doch einfach eine Probezeit ein. Wahrscheinlich ist ihm das hier sowieso bald viel zu langweilig und er kommt nicht wieder."

„Langweilig?", Nika schaute entgeistert von einer zur anderen, „also gegen unsere Runde ist doch Cobra 11 das reinste Wort zum Sonntag. Langweilig wird es dem garantiert nicht. Was ist das überhaupt für ein Typ? Ich habe noch nie einen Mann in einem Nähkurs gesehen."

„Das ist wie bei den Köchen", erklärte Bernardine, „die besten Köche der Welt sind Männer, genauso wie die besten Quiltmeister. Ricky Tims zum Beispiel, hier schaut ..." Unter dem kollektiven Aufstöhnen der anwesenden Frauen nestelte sie das abgegriffene Foto aus ihrer Tasche, welches vor einem Jahr auf einer Quiltmesse aufgenommen worden war, und sie gemeinsam mit dem amerikanischen Meister-Quilter Arm in Arm zeigte.

Maurizia gab wieder die Wortführerin: „Das Foto sehen wir heute zum gefühlten tausendsten Mal, Bernardine. Aber du hast recht. Ich habe nichts dagegen, wenn Ricky bei uns mitmacht. Aber sonst keiner. Basta.“

Bernardine gab nicht auf: „Es wäre auch gewissermaßen ein soziales Engagement. Seine Frau ist tot. Sie starb vor vier Monaten an Krebs. Ihr Mann möchte einen von ihr begonnenen Quilt fertigstellen. Er hat es ihr auf dem Sterbebett versprochen ...“ Sie tupfte sich die Augen und schwieg.

„Aber ... aber das ist ja furchtbar ...“ Nika brach in Tränen aus, und wenn Nika weinte, dann wurden die großen Flüsse dieser Erde zu armseligen Rinnsalen. Josefa, die ebenfalls nah am Wasser gebaut hatte, machte kräftig mit und Django verließ fluchtartig sein Lager unter dem Tisch und heulte im Hof den Mond an.

Als Nika wieder Worte bilden konnte, sagte sie: „Wenn ihr (schnief) so versteinerte Herzen habt (schluchz), dann lade ich ihn zu mir nach Hause ein und (schnüffel) arbeite mit ihm an dem Quilt seiner Frau. Gib mir einen Prosecco, bitte, ich brauch' das jetzt!“

„Was ist das überhaupt für einer?“, fragte Jule, der das Geflenne sichtlich auf den Zeiger zu gehen schien.

„Bluhm heißt der, Hans-Peter Bluhm“, erklärte Bernardine, „man sieht ihm an, dass er vor kurzem seine Frau verloren hat, aber ich glaube, dass das ein richtiges Goldstück ist. Er sagt, er arbeitet beim Staat. Aber da spricht er wohl nicht gerne drüber.“

„Da hat er wenigstens Sitzfleisch“, bemerkte Maurizia und sandte abschätzende Blicke in die Runde. „Dann will ich mal nicht das einzige Ekelpaket hier sein. Ist zwar so, als käme die Katzenberger ins Bahnhofspissoir, aber wenn ihr unbedingt meint, die Samariterinnen spielen zu müssen, bitte schön. Wo soll der überhaupt sitzen? Ist doch voll hier!“

Bernardine deutete auf die Verbindungstür zum Laden, „Vorne im Laden ist noch Platz. Es hat sich noch eine Dame aus Heidelberg angemeldet, eine erfahrene Quilterin, da setz ich den dazu. Das ist ein ganz Lieber, ihr werdet sehen. Mit Django kommt ihr ja auch klar.“

„Na, hoffentlich hat dieser Bluhm seine Verdauung besser im Griff!“, grunzte Maurizia und die angespannte Stimmung löste sich in befreiendem Gelächter auf.

Eine Woche später:

Lange hatte er überlegt: Sollte er zu früh erscheinen, um die Ankunft der einzelnen Quilterinnen zu verfolgen, oder sollte er sich ein paar Minuten verspäten? So wie ein Fürst, der erst dann vor das gemeine Volk tritt, wenn es ihn ehrfürchtig verharrend erwartet. Blödsinn. Er würde zusehen, dass er einigermaßen pünktlich erschien. Alles Weitere würde sich ergeben. Seinem Chef hatte er nichts erzählt. Und auch sonst keinem. Dies hier war Arbeit für die Ein-Mann-SoKo Mordsquilt. So hatte er sich genannt. Mordsquilt. Endlose Nächte hockte er vor seinem alten lahmarschigen PC. Las in diversen Foren mit, in denen die Nutzer Nicknames wie Heiße Nadel, Quilthexe, Stickmaus oder Patchwork-Lady hatten, und studierte Fachzeitschriften. Unglaublich, wie viele Hefte es für Patchwork und Quilting gab! Auf dem Flohmarkt erstand er für einen Zwanziger eine blaue Privileg-Nähmaschine, auf die jemand rosa Herzchen gepappt hatte. Rollschneider und Schneidematte sowie eine vernünftige Schere ruinierten seinen Finanzplan für den Rest des Jahres, aber er konnte ja schlecht die Legende von der verstorbenen Ehefrau aufrechterhalten, ohne das nötige Rüstzeug zu haben. Als er zum ersten Mal auf die Seite eines großen Nähmaschinenherstellers ging und erschüttert feststellte, das schon für eine Standardmaschine mit dem Allernötigsten eine vierstellige Summe hinzublättern war, beschloss er, dass die nicht vorhandene Verstorbene ihre damalige Maschine einer Freundin in Übersee vererbt hatte. Am schwersten war die Suche nach einem halbfertigen Quilt gewesen, den er ja angeblich fertigstellen wollte. Die Volkshochschule war seine Rettung. Ganz offiziell in seiner Eigenschaft als Kriminalbeamter war er da aufgeschlagen, hatte der Kursleiterin etwas vorgefaselt, von Rekonstruktion besonderer Tatumstände und so weiter und ihr schließlich mehrere Blöcke eines Quilts abgeschwatzt, welche eine Teilnehmerin, die nach wenigen Wochen einfach nicht mehr erschienen war, zurückgelassen hatte. Auf die Frage, worum es denn ginge, antwortete Bluhm mit verschwörerischer Miene:

„Das kann ich Ihnen erklären, Frau Malzahn, aber dann müsste ich Sie hinterher töten.“ Gotthilda Malzahn erschauerte und versprach für weitere Unterstützung jederzeit bereit zu stehen.

So, jetzt ging er für den Anfang als hoffnungsvoller Möchtegern-Quilter durch. Als Höhepunkt seiner Tarnung besorgte er sich noch (auch vom Flohmarkt) einen unsäglichen hellgrauen Wollpullover, auf den jemand ein rosa Bärchen appliziert hatte.

„Den hat mir meine liebe Frau geschenkt. Kurz vor ihrem Tod.“ Dies dürfte sogar bei Piranha-Weibchen Mutterinstinkte auslösen. Aber er musste trotz allem vorsichtig sein!

Die Zugfahrt nach Lorsch mit einmal Umsteigen in Bürstadt war zeitraubend und mit seiner großen Stofftasche und dem Nähmaschinenköfferchen (auch da waren Herzchen drauf!) wurde er mehr als einmal neugierig begafft. Den Bärchenpulli verbarg glücklicherweise der schlabberige Trenchcoat. Blöd, dass er noch drei Monate auf seinen Führerschein warten musste. Scheiß-Alkohol, aber das Leben im Allgemeinen ist manchmal nur gut gefiltert zu ertragen. Vom Lorscher Bahnhof zum Stoffstübchen waren es nur ein paar Hundert Meter. Der Kommissar schaute auf seine Armbanduhr: er hatte noch etwas Zeit. Er stellte Nähmaschine und Tasche ab und grub einen verbeulten Flakon aus einer der Manteltaschen. Er nahm einen kräftigen Schluck Wodka, verstaute die eiserne Reserve wieder, nahm sein Gepäck auf und marschierte los. Kurz vor der Bahnhofstraße, die ihn in Richtung Innenstadt führen sollte, bemerkte er einen eleganten alten Benz, der gerade von der Bensheimer Straße kam. Hinter dem Steuer erkannte er die gewaltige Fülle einer blonden Lockenpracht. Etwas klickte in seinem Kriminalistengehirn: die große Blonde mit dem Barrett! Das war also garantiert auch eine Quilterin. Demnach waren die anderen Frauen, die sich auf der Beerdigung um Monika Hemmig geschart hatten, mit Sicherheit auch in dem Lädchen zu finden.

„Draa die net um“, summte er vergnügt, „schau, schau, der Kommissar geht um ...“ Die Gestalt mit Schlapphut, fast bodenlangem Trenchcoat sowie Stofftasche und Nähmaschine wirkte beinahe so skurril wie ein sonnenbebrillter Mafioso mit Geigenkasten. Niemand würde in diesem vertrottelt wirkenden Typen einen der fähigsten Ermittler Deutschlands vermuten.

„Wir sind hier alle per Du“, eröffnete Bernardine die Vorstellungsrunde und das erregte Gezischel und Getuschel verstummte, das aufgekommen war, als der neue Teilnehmer seinen Mantel an die Garderobe hängte, den Hut darüber, und alle den flusigen Bärchenpulli sahen, der sich über einen gewaltigen Bierranzen spannte.

„Ich bin Bernardine, die Süße links in der Ecke ist die Maurizia, aber wir sagen Mauri zu ihr, neben ihr die Dame mit der kristallklaren Stimme ist Jule, Josefa hier ist die ungekrönte Mysteryqueen und die Barbiepuppe heißt Nika.“

„Barbie hat aber mindestens Körbchen Doppel-D“, Maurizia konnte einfach nicht anders.

Bernardine schickte ihr einen strengen Gouvernantenblick und sprach weiter: „Es hat sich noch eine Dame angemeldet, die aber wegen familiärer Angelegenheiten erst ab nächster Woche kommen kann, sie hat mich gebeten, sie zu entschuldigen."

„Wahrscheinlich muss sie erst noch ihren Alten wegräumen!", grölte Jule, die heute wohl einen Clown gefrühstückt hatte. Eisiges Schweigen breitete sich im Raum aus und Jule flüchtete sich in einen Hustenanfall, der das kleine Haus in seinen Grundfesten erschütterte.

„So, jetzt bist du dran", wandte sich Bernardine erwartungsvoll an Bluhm, der sich vorkam wie bei Heidi Klums Großmutter.

Er räusperte sich, bedauerte, das er den Wodka nicht komplett ausgetrunken hatte und stellte sich vor: „Äh, ich bin der Hans-Peter Bluhm, aber Peter reicht, oder Bluhmepeter, weil ich bin aus Monnem, vun de Tschänau."

„Klasse, du hörst dich an wie Bülent!" Ausgerechnet Maurizia, die erbittert gegen die Aufnahme eines Mannes in diese Runde gefochten hatte, wirkte geradezu begeistert. Piranha-Weibchen mochten wohl tatsächlich adipöse Männer in Bärchenpullis.

„Uffbasse!", nahm Bluhm die Steilvorlage auf, grabbelte in seiner Stofftasche und förderte eine Flasche Champagner zutage. Von Aldi, aber Schampus ist Schampus, oder?

„Als Dank für die Aufnahme und kleinen Eisbrecher habe ich mir gedacht, wir stoßen erst einmal darauf an, dass ich blutiger Anfänger hier in die Geheimnisse des Quiltens eingeweiht werden soll. Die ist noch einigermaßen kalt, denke ich."

„Ich mach sie in der Küche auf, Peter", erbot sich Bernardine und die Runde wirkte plötzlich viel gelöster. Ein Mann im Quiltkurs. Warum nicht. Neue Zeiten eben. Irgendwie war dieser stoppelige Teddy mit seiner Versandhausnähmaschine doch goldig, oder? Schampus! Ha! Zum Vollsein!

Als erstes nahmen sie ihm die billige Nähmaschine weg und Bernardine stellte ihm eine von ihren eigenen zur Verfügung und setzte sich mit ihm in den Laden, an den großen Schneidetisch. Der Schampus war schnell geleert und zur Freude des Kommissars hatte Bernardine an jenem Abend noch rasch einen Sixpack Ureich in der Tanke mitgenommen. Männer standen ja nicht so auf Prosecco. Bluhm nahm das Angebot dankend an. Eigentlich war er ja auch gar nicht im Dienst, oder? Zumal er hier in Lorsch sogar in fremdem Revier wilderte. Eigentlich war dies hier Sache der Kripo in Heppenheim. Eigentlich war es ja aber noch gar keine Sache, oder? Amtshilfe beantragen konnte er später immer noch. Dies hier war erst mal seine eigene, höchstpersönliche Baustelle. Entweder brachte ihm das eine Belobigung ein, oder er durfte in Zukunft auf der Friesenheimer Insel Lastwagen kontrollieren.

Nach dem dritten Pils verspürte er ein menschliches Rühren und ließ sich den Weg zur Toilette zeigen. Dabei musste er einen weiteren Raum durchqueren, der wohl als Abstellkammer diente und mit allem möglichen Zeug vollgestellt war. In einem Holzregal lagerten Stoffe und Pläne mit Schnittmustern und Kartons in allen möglichen Größen. Im Vorbeigehen streifte er eines der Regale und einige zusammengerollte Papiere fielen heraus. Verstimmt wegen seiner Schusseligkeit, klaubte er die Seiten auf und stopfte sie wieder an ihren Platz. Eine hatte sich halb aufgerollt und er sah die Zeichnung einer kleinen Puppe, die er schon auf anderen Quilts während seiner Recherche gesehen hatte. Sunbonnet Sue hieß die Figur und stellte ein kleines Mädchen mit riesiger Sonnenhaube dar, welche ihr Gesicht zur Gänze verdeckte. Süß, kitschig und verspielt, bediente diese Figur einige der Klischees, die man gemeinhin mit dem Quilten verband. Bluhm stutzte. Diese Sunbonnet Sue war nicht süß ... Unter der Kopfhaube lugte eine brennende Zigarette hervor und in der Hand hielt sie eine Axt, von der noch das Blut troff. Kurz entschlossen rollte der Kommissar das Plakat zusammen und verzog sich damit in die winzige Toilettenkabine. Während das Destillat aus drei Pils seinen Körper verließ, musterte er die Zeichnungen, welche wohl eine Art Plan für einen so genannten Story-Quilt darstellten.

„Mann, wie sind die denn drauf?“, staunte er und analysierte die Bilder: Fünf Sunbonnet-Sue-Figuren, die alle unterschiedliche Mordwerkzeuge in den Händen trugen. In der Mitte, als zentralen Block, eine Friedhofsszene, welche ihn fatal an das Begräbnis eines gewissen Ernst Hemmig erinnerte! Teufel, in welchem Wespennest stocherte er da gerade herum?

„Das Lächeln der Mona Lisa ist das Lächeln nach vollbrachter Tat.“
Monika Hemmig

Duo Infernal

Jens Brundt tat alles, um seine neue Freundin zufrieden zu stellen, ja er schleppte sogar ihre Tüten auf dem Stoffmarkt, der wenige Tage später in Mannheim stattfand. Sie belohnte ihn reich mit Zuwendung und Zärtlichkeit. Was für ein Weib! Plante den Tod des Mannes, mit dem sie die meiste Zeit ihres Lebens gemeinsam verbracht hatte, wie einen Städtetrip. Nachdenklich stimmte Jens lediglich, dass der Wechsel von großer, reiner, wahrer Liebe hin zu abgrundtiefem Hass so abrupt geschehen war. Sollte er ihrer mal überdrüssig werden, oder sollte sie jemals hinter seine anderen Liebschaften kommen, würde er höllisch aufpassen müssen. Er musste unbedingt Vorkehrungen treffen. Nika war absolut schwarz-weiß gepolt. Zwischentöne waren für sie ein Zeichen von Schwäche, und Konsequenz in Reinkultur war ihre Religion.

Zwei Tage später 03.23 Uhr:

Nika erwachte von einem durchdringenden Fiepen. Es kam von Ernies, äh Jens' Nachttisch. Sie rieb sich die Augen und drehte sich um. Jens stand bereits neben dem Bett und streckte sich vor dem Fenster. Er hielt sich ein Handy ans Ohr, kratzte sich am Hintern und sagte mit leiser Stimme einige Male: „Ja“, und schließlich: „Bin unterwegs.“ Er sammelte seine Kleidung auf, die er im ganzen Schlafzimmer verstreut hatte, als sie vor vier Stunden übereinander hergefallen waren, und beugte sich zu ihr.

„Ich muss los, Liebes. Einsatz. Ich ruf dich an.“

„Was'n los?“, krächzte Nika schlaftrunken.

„Irgendein Kerl hat den Liebhaber seiner Frau erschossen und droht jetzt, die ganze elfstöckige Bude mitsamt sich selbst und der untreuen Gattin in die Luft zu jagen. Das Dumme ist, der ist Sprengmeister und hat sich wohl etwas Arbeit mit nach Hause genommen.“

„Pass auf dich auf, Jens.“ Sie küssten sich zum Abschied und Nika hörte, wie Jens sich im Flur die Einsatzstiefel anzog und die stets fertig gepackte, große Reisetasche nahm, die er für solche Fälle immer bereitstehen hatte.

„Tschüß, Nika, halt mir das Bettchen warm!“, rief er und dann hörte sie ihn die Treppe hinuntertrampeln. Kurz darauf wurde der große BMW rückwärts aus dem Hof rangiert und für ein paar Sekunden flackerte der Schein des Magnetblaulichts durch die Ritzen des Rollladens.

Wie spannend! Schaudernd kuschelte sie sich in die Decken, sog den Geruch nach teurem Rasierwasser und Mann in sich auf und war wenig später wieder eingeschlafen.

Es war kurz nach sieben, als sie erwachte. Der Regen hatte aufgehört und es schien sogar schon eine Ahnung von Morgendämmerung ins Schlafzimmer. Sie gähnte, erhob sich und schlüpfte in ihren pinkfarbenen Morgenmantel. Ihre Schläppchen standen ordentlich aufgereiht neben dem Bett. Ekstase hin oder her, rumgeschmissen wurde bei Nika gar nichts. Sie öffnete die Wohnungstür, um die Zeitung zu holen. Unten im Erdgeschoss lag ein schwarzer, rechteckiger Gegenstand und etwas, was wie ein Paar zusammengerollte Socken aussah. „Männer“, dachte sie und schüttelte lächelnd den Kopf. Sie öffnete die Haustür, klemmte sich die Zeitung unter den Arm und hob das zerfledderte Moleskin-Notizbuch und die olivgrünen Socken auf. Garantiert hatte der seine Tasche nicht ordentlich zugemacht und sie sich vor der Haustür lässig über die Schulter geworfen. Dabei waren wohl das Buch und die Socken herausgerutscht. Das Adrenalin und die knallenden Stiefelsohlen hatten wohl dafür gesorgt, dass er davon nichts mitbekommen hatte.

„Wenigstens hat er seine Kanone nicht draußen auf der Straße verloren“, dachte sie und machte die Tür gleich wieder auf um nachzusehen, ob dem nicht doch so war. Aber nur der übliche Hundehaufen lag etwas seitlich von der Ausfahrt. Drecksköter. Sie wusste genau, wessen Hund das war und dass der Typ sich einen Spaß daraus machte, sie und Ernie damit zu ärgern. Ach ja. Ernie war ja nun tot. Da hatte er nur noch die halbe Freude.

Sie trug alles in ihre Wohnung, rutschte in ihren Plüschlatschen aus und schleuderte Zeitung, Socken und Notizbuch vor sich auf den Küchenboden. Sie konnte sich gerade noch am Türrahmen abstützen. Scheiß-Schlappen! Brummend hob sie alles wieder auf. Das Notizbuch war aufgeklappt auf dem Boden gelandet und als sie es in die Hand nahm, fielen einige eng beschriebene Zettel heraus. Die Schrift weckte eine Erinnerung in ihr, aber sie konnte sie zunächst nicht einordnen.

Sie legte Buch und Zettel auf den Tisch, drückte sich an ihrem Automaten eine starke Tasse schwarzen Kaffee und zündete sich eine Zigarette an. Erst mal wieder zu sich kommen.

Sein Notizbuch! Da war er ganz penibel mit! Sie musste die ganze Zettelwirtschaft wieder an Ort und Stelle bringen. Als er da neulich etwas nachgeschlagen hatte, hatte sie ihm über die Schulter geschaut und er hatte es rasch zugeklappt und etwas von dienstlich gemurmelt.

„Das ist mein Leben Nika. Meine Karriere, meine Kontakte, mein Netzwerk. Da steht 'ne Menge Hässliches drin, was mit meinem Beruf zu tun hat. Ich möchte nicht, dass du das liest. Schlimm genug, dass ich das mit mir rumschleppen muss."

„Tja, lieber Jens", dachte sie, „jetzt muss die arme kleine Nika doch die hässlichen, bösen Sachen anschauen, die da drin stehen. Tut mir leid, aber ich denke, eine Frau, die den Mörder ihres Mannes liebt, kommt damit sicher klar. Verzeih mir, Liebster."

Nachdem sie ihre Zigarette halb aufgeraucht hatte, trank sie einen Schluck Kaffee und legte das Notizbuch aufgeschlagen vor sich hin. Die Zettel waren mehrfach gefaltete A4-Blätter, alle in der gleichen Handschrift gehalten. Die war definitiv nicht von Jens. Viel zu rund, viel zu weiblich, viel zu ordentlich ...

Liebster Erniebär ... las sie und das Déjà-vu-Erlebnis ließ ihr zunächst den Atem stocken. An jenem Morgen vergass Nika sogar sich zu schminken. Das war ihr noch nie passiert. Zwanzig Zigaretten und vier Tassen Kaffee später hatte sie alles wieder in chronologischer Reihenfolge geordnet: Die ersten Entwürfe, die Reinschriften auf rosa Papier, die Korrekturen und Randbemerkungen. Die vier Halogenstrahler der Küchenlampe wurden plötzlich dunkler, die Morgendämmerung machte einen Rückzieher und der Küchenboden begann sich zu drehen und zu einem alles verschlingenden schwarzen Loch zu werden. Sauer kam ihr der Kaffee wieder hoch. Sie erhob sich, ging wie auf Luftkissen und erreichte gerade noch das Badezimmer. Als ihr Körper nichts mehr hergab, wusch sie sich den Mund aus, spritzte sich kaltes Wasser ins Gesicht und schaute in den Spiegel. Ernie schaute sie daraus an. Mitsamt seinem etwas linkischen Lächeln, dem unsauber getrimmten Bärtchen und den Nasenhärchen, die sie immer auf die Palme gebracht hatten. Wieder kam ein trockenes Würgen in ihr hoch und kurz entschlossen steckte sie ihren ganzen Kopf unter den harten Wasserstrahl.

Sie hatte ihn umgebracht. Sie war auf ein billiges, abgekartetes Spiel hereingefallen. Sie hatte den Mann töten lassen, der sie wie keine andere geliebt hatte. Der sie nie betrogen hatte. Nicht, weil er niemals mit dem Gedanken an andere Frauen gespielt hätte. Nicht, weil er sie so selbstlos liebte. Nein. Er war ja immerhin auch nur ein Mann. Aber der gute alte Ernie war für eine Affäre schlicht und ergreifend zu blöd gewesen. Lügen konnte der schon dreimal nicht. Wenn der vom Einkaufen kam, sah sie ihm jedes Mal an, wenn er die 85 Cent Restgeld behalten hatte. Ein lieber, tapsiger Teddybär. Ein toter Teddybär. SIE war das Schwein. Ein intrigantes, abartiges, perverses gutgläubiges Schwein, das sein ganzes Leben wegen eines einzigen, plump gefälschten Liebesbriefs ruiniert hatte. Jetzt bekam sie die Rechnung: Sie war zum Betthäschen für diesen aufgeblasenen SEK-Bullen degradiert worden. Der auch nur mit Wasser kochte, das hatte sie ziemlich schnell herausgefunden. Bloß schnarchen tat der nicht. Ach, wie gerne würde sie wieder ins Wohnzimmer fliehen, wenn ihr Ernie im Bett läge und Holz sägte. Vorbei. Was hatte sie getan?

Das Gedudel des Telefons schreckte sie aus ihren trüben Gedanken. Oh nein! Wenn ER das jetzt war, dann würde sie vollends abdrehen. Liebes, Liebste, Goldstück und der Gipfel davon: Hase. Hase! Schon immer hegte sie tiefste Vorurteile gegenüber Leuten, die sich mit Hase anredeten. Da könnten sie genau so gut Trottel oder Volldepp sagen. Hase war für Nika das Synonym für Debilität schlechthin. Niemals wäre es ihr in den Sinn gekommen, den Menschen, den sie liebte, auf eine Stufe mit einem derart bescheuert aussehenden Viech zu stellen.

Sie schlich sich an das immer noch tönende Telefon heran, als verberge sich eine Vogelspinne dahinter, linste auf das Display und erkannte erleichtert Josefas Nummer. Klar, Jens (das Schwein) rief ausschließlich auf ihrem Handy an. Mit immer noch zittrigen Fingern nahm sie das Gerät aus der Ladeschale.

„Hi, Josefa."

„Hallo, Nika, was ist los? Was hast du?" Josefa, die gute Seele mit dem untrüglichen Gespür für menschliche Befindlichkeiten, hatte sofort an diesen zwei kleinen Worten bemerkt, dass etwas nicht in Ordnung war.

„Nichts, ich bin nur, ich habe gerade ..." Josefas Lachen beruhigte sie seltsamerweise. Es klang so normal, so unbeschwert, einfach nur fröhlich. Na ja, die hatte ja auch nicht ihren Mann ermordet. Nicht? Selbst Nika war sich da gar nicht so sicher. Niemand in der Quilterinnenrunde behauptete offen, dass Josefa mit dem Tod ihres tyrannischen Carnivoren etwas zu schaffen hatte. Der Witz war: Keine traute ihr ernsthaft so etwas zu. Was blieb, war das, was Maurizia das „Restrisiko" nannte. Etwas, das jeden Menschen in das glatte Gegenteil seiner selbst verwandelte und aus friedlichen Althippies blutrünstige Mörderinnen machte. Restrisiko.

Josefa plapperte munter weiter: „Verstehe. In unserem Alter sollte eigentlich so langsam Schluss sein mit dieser allmonatlichen Kacke. Ach ich vergaß, du bist ja noch ein junges Ding, du Arme. Du denkst doch noch an unser Treffen heute Abend? Ich habe eine neue Sorte grünen Tee. Mit Aroma! Der wird dir schmecken. Und im Ofen bullert schon ein gemütliches Buchenholzfeuer. Ich wollt dich nur fragen, ob du mir das letzte von deinen französischen Quilt-Heften mitbringen kannst? Da ist was drin, was ich mir kopieren möchte." Nika hasste grünen Tee. Egal, nach was der laut Packung schmecken sollte, sie hatte da keine Freude dran. So musste Pferdepisse schmecken. Außerdem: viel zu gesund. Aber Josefa hatte auch Aperol Sprizz. Das war schon eher was.

„Das Heft habe ich da. Das bring ich mit. Bis heute Abend dann." Eigentlich wollte sie den Termin absagen, aber im letzten Augenblick überlegte sie es sich anders. Josefa war die Einzige, vielleicht mal abgesehen von Bernardine, mit der sie über ihr Elend reden mochte. Tat ihr vielleicht ganz gut. Sie musste ihr ja nicht gleich auf die Nase binden, dass der Plan, Ernie zu ermorden, von ihr stammte. Erst mal sehen, wie sie es aufnahm. Erst mal Jens (das Schwein) so richtig schlecht und madig machen.

„Den würd' ich fertig machen!“ Aus Josefas Augen sprühte die blanke Wut wie die Funken von einem Trennschleifer. Nika nippte an ihrem Aperol Sprizz. Der dritte an diesem Abend und die Bereitschaft, sich ihrer Freundin mit der ganzen Geschichte anzuvertrauen, wuchs im Quadrat dazu.

Die Bereitschaft, Jens (das Schwein) fertigzumachen, auch. Wobei sie unter ‚fertigmachen‘ weder eine Tracht Prügel, noch irgendwelche subtileren Schikanen verstand. Sie wollte ihn tot sehen. Na ja, sehen musste sie ihn nicht, aber eines Tages auf sein Grab spucken wär' schon toll.

Nach dem zweiten Aperol war ihr auch etwas eingefallen, das sie schon die ganze Zeit sorgfältig verdrängt hatte: Nächtelang hatte sie mit Ernie über das Für und Wider der Todesstrafe diskutiert. Besonders dann, wenn im Fernsehen oder in der Zeitung wieder einmal von einem Kinderschänder die Rede war.

„So einer muss kein Geld mehr kosten!“, pflegte Nika immer zu sagen, „Der muss weg. An die Wand und Päng!“ Ernie hatte dann stets versucht, ihr begreiflich zu machen, was für ein Dilemma entstünde, wenn ein Richter oder eine Richterin jemand Unschuldiges zum Tode verurteilte.

„Einen Inhaftierten kannst du wieder freilassen und ihm 'ne Entschädigung zahlen. Den Toten holt keiner mehr zurück." Nika hatte dann immer entgegnet, dass sie immer nur die Hundertprozentigen in die Todeszelle schicken würde. Die, bei denen kein Zweifel mehr bestünde.

Kein Zweifel. So wie bei Ernie, oder? Scheiße!

Sie leerte das Glas mit der orangefarbenen Flüssigkeit auf einen Zug, registrierte nebenbei Josefas bedenkliche Blicke und schaute ihr tief in die Augen.

„Josefa, was ich dir jetzt erzähle, behältst du für dich klar?" Josefa nickte und griff nun ihrerseits zum Weinglas. Na endlich. Sie hatte schon seit dem Telefongespräch gemerkt, dass da etwas war, das größer war als diese Geschichte vom Witwentröster, der eine günstige Gelegenheit beim blonden Schopf packte.

„Oh, mein Gott!", ein tiefes Schluchzen stieg aus Josefas Kehle auf. Sie stand auf, setzte sich auf die Couch, auf der Nika zusammengesunken kauerte und nahm ihre Freundin in die Arme. Gemeinsam weinten sie minutenlang. Josefa fand als Erste wieder Worte. Sie zog geräuschvoll die Nase hoch, wischte sich die Tränen aus den Augen, packte Nika an den schmalen Schultern und schaute ihr mit einem wild entschlossenen Blick ins Gesicht.

„Du hast keine Schuld! Hörst du? Du hast keine Schuld! Du bist das Opfer dieses Teufels in Menschengestalt. Der hat dich benutzt, er will mit dir seinen Spaß haben und dann wirft er dich wieder weg wie ein langweiliges Spielzeug. Dem muss man das Handwerk legen. Und ich weiß auch schon wie! Pass auf: Der Ernie, der hat doch im vergangenen Jahr einen seiner Romane als Hörbuch vertont. Das, worüber alle gespottet haben, weil der kein richtiges Hochdeutsch kann ..."

Ungläubig lauschte Nika den Ausführungen ihrer Freundin. Der Plan war so abgedreht, da wäre sie in hundert Jahren nicht draufgekommen.

„Und du glaubst, du kannst das?", fragte sie entgeistert, „so etwas habe ich ja noch nie gehört!"

„Ich habe so was auch noch nie gemacht, aber ich weiß, dass es geht. Ich habe etwas Ähnliches schon bei Akte X gesehen und ich habe immer noch den iMac des Carnivoren. Ich kann damit umgehen, glaube mir. Der hat Filme geschnitten und vertont, in denen er mit seinen dämlichen Kumpels mit den Motorrädern unterwegs war. Ich kann das und ...", sie machte eine bedeutsame Pause und schaute Nika tief in die Augen, „... ich helfe dir. Der soll büßen, was er dir und dem armen Ernie angetan hat. Auge um Auge!"

Niemals in ihrem Leben war Nika etwas schwerer gefallen, als die folgenden Tage zu überstehen: Sie musste den Schein wahren, die verliebte Gespielin des Mörders ihres Mannes geben und sich ständig etwas einfallen lassen, um sich mit Josefa zu treffen. Die Arbeit am Computer gestaltete sich äußerst langwierig und Josefa musste einmal sogar den 14-jährigen Nachbarsjungen um Unterstützung bitten, der ihr ein spezielles Programm herunterlud, mit dem sie die Textsteuerung auf die Reihe brachte. Doch dann war es vollbracht: Es war an einem Montag. Die Nähstunde war wegen einer schweren Erkältung von Bernardine abgesagt worden. Nika sagte Jens natürlich nichts davon und ging wie gewohnt gegen halb sechs aus dem Haus.

Josefa hatte bereits alles vorbereitet ...

„Auge um Auge,
ab der vierten Runde kämpfen dann zwei Blinde."
Manfred H. Krämer - Krimiautor

Ghost – Nachricht von Ernst

Jens Brundt saß auf dem Sofa und schaute gelangweilt zu, wie die zwei Schwergewichtsboxer im Fernsehen sich gegenseitig die Visagen zu Brei schlugen. Er nahm einen tiefen Schluck, rülpste ungeniert und kratzte sich den haarigen Bauch. Er schaute auf die Uhr: kurz vor neun. In einer halben Stunde würde sein blondes Engelchen aus ihrem albernen Quiltkurs zurückkommen. Heute war sie wieder dran! In den letzten Tagen hatte sie sich merkwürdig zurückhaltend gezeigt. Er hatte erst gedacht, sie hätte ihre Tage, aber das konnte nicht sein, es war ja erst der Fünfzehnte. Irgendwie war sie abweisend geworden. Irgendetwas bedrückte sie, irgendetwas schleppte sie mit sich herum, was sie ihm nicht sagen wollte. „Bestimmt so ein blöder Weiberkram", dachte er und setzte die Bierflasche an. Wenn die heute Abend auch keine Lust hatte, würde er zu Iris fahren. Die hatte immer Lust. Oder zu Gaby, die war zwar immer besoffen, aber für einen Fuffi machte die alles.

Das Telefon schreckte ihn auf. Sein Handy. Dudelnd und brummend wanderte es in der Küche auf der Arbeitsplatte herum, wo er es am Ladegerät hatte.

Unbekannter Anrufer, stand auf dem Display. Jens drückte die grüne Taste. „Jou?" grunzte er und beim ersten Wort des Anrufers gefror ihm das Blut in den Adern ...

„Gut, dass der Carnivore damals den ganz Großen gekauft hat, ich hab ihm noch ’ne Szene gemacht, wegen dem vielen Geld. Aber jetzt bin ich froh darüber.“ Josefa ließ die eng beschriebene Tabelle rauf und runter laufen und Nika schwirrte der Kopf. Josefa hatte sich unbemerkt in eine richtige Nerd-Lady verwandelt.

„Schau hier: Du brauchst den passenden Satz nur anklicken, dann geht der raus. Wenn wir keinen finden, gehen wir hier auf die äußerste Spalte, da stehen dann die nichtssagenden, die wir fast immer verwenden können. Wir können uns während des Gesprächs auch ruhig miteinander unterhalten. Das Mikro ist aus. Alles läuft über dieses Voice-Programm. Bist du bereit?“

Nika nickte beklommen. Sie konnte noch immer nicht glauben, dass so etwas möglich war.

„So, jetzt wird’s ernst, Ghost – Nachricht von Ernst, geil, was? Achtung, ich lade das Steuerpad!“

Ein Fenster mit Bedienelementen erschien und Josefa platzierte es am unteren Bildschirmrand.

„So, jetzt geht der Anruf raus.“ Nika sah, dass die Handy-Nummer von Jens auf dem Wählbalken erschien und ein Mausklick ließ die Wähltöne hören. Nach dreimaligem Rufton wurde am anderen Ende abgenommen und eine genau so vertraute wie verhasste Stimme kam aus den Lautsprechern des iMac: „Jou?“

Josefa nickte ihrer Freundin triumphierend zu und wählte einen Text aus:

„Ernst hier. Du bist sicher überrascht, von mir zu hören, mein Freund.“ Nika hielt den Atem an, als Ernies Stimme, nur unterbrochen von winzigen Pausen, erklang. Die unterschiedlichen Tonlagen hatte Josefa in der vergangenen Woche in mühseliger Kleinarbeit angepasst, so dass die Sätze einigermaßen flüssig klangen. Nika hielt sich die Hand vor Nase und Mund und unterdrückte ein Keuchen.

„Er kann dich nicht hören Süße, du kannst auch Arschloch zu ihm sagen, wenn dir das gefällt“, erklärte Josefa und thronte lässig, aber hochkonzentriert vor dem Bildschirm, wie ein Fluglotse bei der Arbeit.

„Was ... willst ... du ...?“, die Stimme war nur noch ein Krächzen, die Worte von schwerem Atmen getrennt. Da stand einer so richtig unter Schock. Wohlige Wärme begann sich in Nikas Körper auszubreiten. Josefa war ein Genie! Das war das Genialste, was sie je erlebt hatte! Jens (das Schwein) würde nun seinen himmlischen Lohn empfangen. Wie geil ist das denn?

„Gerechtigkeit. Alles, was ich will, ist Gerechtigkeit!“ Josefa warf ihr einen theatralischen Blick zu und wiederholte mit Grabesstimme: „Gööööröschtischkeit!“, wobei sie schnaufte wie Darth Vader.

Nika hätte am liebsten vor Lachen losgebrüllt, misstraute aber immer noch der Technik und befürchtete, sie könnte damit alles versauen.

„Ernst, wenn du das überlebt hast, dann weißt du auch, dass es ein schrecklicher Unfall war. Ernst ich ...“ Die

Stimme von Jens überschlug sich fast, die Tonlage wurde immer höher.

„Wir haben ihn jetzt so richtig an den Eiern,was?“, grinste Josefa und steuerte ein weiteres Textfeld an.

„Ich habe Nika. Sie hat alles gestanden. Ich weiß alles und du wirst dafür bezahlen!“ Das „Nika“ hatte Josefa aus zwei anderen Worten zusammengeschnippelt und das klang ein wenig holprig, in etwa so wie aus dem Navi, aber Jens Brundt war zur Zeit wohl nicht in der Lage, solche Feinheiten wahrzunehmen.

„Ernst, lass uns reden. Ernst, ich bitte dich, lass uns über alles reden, wir werden eine Lösung finden!“

„Dir auch ein schönes Wochenende ...“ uups! In der Zeile verrutscht, himmlischer Kakao! Nika erbleichte, aber Josefa reagierte wie ein Profi.

„Zu meinen Bedingungen, mein Freund. Oder du bist ein toter Mann.“ Josefa stieß einen langgezogenen Seufzer aus.

„Der Trottel hat das überhaupt nicht gerafft. Der ist völlig durch den Wind“, beschwichtigte sie ihre Freundin, die vor Aufregung an den Nägeln kaute.

„Okay, lass hören.“ Jens klang immer noch, als käme er direkt von einem langen Waldlauf. Josefa klickte das nächste Feld an:

„Treffpunkt, der abgebrannte Bauernhof, draußen in Richtung Hütte-Feld. Zwei Stunden.“ Gemeint war die Ruine eines vor drei Monaten abgebrannten Gehöftes an der Landstraße in Richtung Lampertheim-Hüttenfeld. Josefa hoffte, dass das Doppelwort Hütte-Feld einigermaßen unauffällig rüberkam. Ihre Bedenken waren unbegründet.

Jens hätte in seiner derzeitigen Verfassung noch nicht einmal gemerkt, wenn er sich mit Jule unterhalten hätte.

Das Einzige, was ihr Sorgen machte, war der Umstand, dass die ganzen Textschnipsel aus einem Hörbuch stammten, welches Ernie in einem rührenden Mix aus kurpfälzisch gefärbtem Hochdeutsch besprochen hatte. Normalerweise hatte Ernie den hier in der Gegend üblichen breitmäuligen Dialekt verwendet, wenn er mit Freunden und Bekannten kommunizierte.

„Zwei Stunden, abgebrannter Bauernhof. Kenn ich. Ich bin dort."

„Pünktlich. Sonst bist du tot. Ich bin es ja schon."

„Scheiße, Ernie, es war nicht so, wie du denkst, Scheiße, hör mir zu!"

„Bye bye, Böböö!", zitierte Josefa eine Stelle aus „Terminator" und beendete die Verbindung. Nika stieß zischend die angehaltene Luft aus und schaute sie aus großen Kulleraugen an.

„Das glaub ich jetzt nicht. Das glaub ich jetzt einfach nicht!"

Josefa lachte und fuhr den Computer herunter. „Du hörst dich an wie Hape Kerkeling. Hallo? Wir haben Jensibaby an der Angel. Der darf jetzt noch ein wenig zappeln und dann gaaaanz still sein." Nika nickte beklommen. Vor zwei Tagen waren sie da draußen gewesen, auf dem Gelände dieses abgebrannten Hofs. Der Misthaufen hatte Josefas Interesse geweckt. Der Misthaufen und der rostige Kran mit dem Greifer, welcher zum Umschichten und Aufhäufen gebraucht worden war. Der wurde durch einen kleinen Dieselmotor angetrieben und Josefa hatte ihn bereits getestet.

Die Bedienung war denkbar einfach: drei Hebel. Heben-senken, Greifer auf, Greifer zu und drehen. „Hängen soll das Schwein“, hatte Nika mit blitzenden Augen gefordert, als sie vor dem knatternden Kran stand, „hängen soll er und Krähen sollen ihm die Augen auspicken!“

Es war genau 23.20 Uhr, als Josefa den alten Golf aus dem Hof rangierte. Normalerweise bevorzugte sie den bunt bemalten, noch älteren VW-Bus, ein Relikt aus den Siebzigern, als der Carnivore noch ein gutmütiger Hippie war und Love and Peace ihrer beider Lebensinhalt. Den Golf hatte sie von ihrem Vater geerbt und nie abgemeldet, war er doch ein willkommener Ersatz für den reparaturanfälligen Bully. Die mausgraue Rostlaube war das ideale Gefährt für ihre Zwecke. Unauffällig und so verdreckt, dass man kaum die Nummernschilder erkennen konnte. Sie fuhren die Strecke zwischen Hüttenfeld und Lorsch zweimal ab, bis sie allein auf weiter Flur waren. Dann löschte Josefa das Licht und bog in den geschotterten Landwirtschaftsweg ein. Das Gehöft lag versteckt hinter einer Pappelgruppe und war von der Straße aus gar nicht zu sehen. Sie rangierte den Golf hinter eine stehengebliebene Backsteinmauer der ehemaligen Stallungen und machte den Motor aus. Fünf Minuten verharrten die beiden Frauen in ihrem Versteck und beobachteten die Umgebung.

„Auf geht’s! Geh auf deinen Posten, ich mach den Scheinwerfer an, wenn das Schwein in Position ist.“ Den

Scheinwerfer, ein Halogenstrahler samt Stativ für 17,50 Euro (20% auf alles, außer Tiernahrung), holte sie aus dem Kofferraum und platzierte ihn so, dass er den Misthaufen taghell erleuchtete, sobald sie ihn mit der Starterbatterie verband, die sie im gleichen Baumarkt gekauft hatte. Josefa war mit Traktoren und später mit alten Autos groß geworden und hatte auch schon Ersatzteile für Jules alten Mercedes organisiert.

Josefa klappte den Laptop auf und fuhr ihn hoch. Dann klickte sie sich durch das Programm, bis sie die Dateien mit Ernies Sätzen fand. Es war nur eine kleine Auswahl und wurde über den eingebauten Lautsprecher wiedergegeben, aber sie hatte ein Megaphon dabei, das sie noch aus der Zeit der Anti-Atomkraftdemos besaß, und das lediglich neue Batterien erhalten hatte.

„Das Gewehr!", erinnerte sie Nika und diese griff nach dem alten Weltkriegskarabiner im Kofferraum, der nur eine Deko-Waffe war, der aber herrlich laut klickte und ratschte, wenn man ihn spannte. Wenn er gegen einen 1000-Watt-Strahler anblinzelte, konnte auch ein erfahrener SEK-Bulle nicht erkennen, ob das eine scharfe Waffe war oder nicht. Josefa klinkte eine Art Haltegeschirr, wie es Bergsteiger oder Industriekletterer verwendeten, am Greifer des Krans ein und befestigte einen soliden Hanfstrick samt professionell gebundener Schlaufe an der Spitze des Auslegers. Der Plan sah vor, dass sich Jens (das Schwein) im Visier von Nikas Flinte selbst in das Haltegeschirr einklinkte und dann mit Handschellen aus dem Erotikshop (!) gefesselt wurde. Josefa würde ihm die Schlinge um den Hals legen, den Mistgreifer bedienen und den Bösewicht bis auf die maximale Höhe von etwa fünf Metern heben. Dort würde er dann baumeln und winseln und plärren und darauf warten, dass Josefa Nika an die Hebelei bat, damit sie den Greifer öffnete, der das Hebegeschirr sicherte. Dann wäre es aus mit dem Geplärre.

Draußen auf der Landstraße näherten sich Scheinwerfer. Blauweiß und grell. Eine moderne Karre!

„Er kommt!“, zischte Josefa und zog sich hinter die Mauer zurück, wo der Golf stand. Nika trat in die Deckung einer schief in den Angeln hängenden Stalltür und presste den Karabiner an sich. Sie zitterte, was nicht nur an der kalten Nachtluft lag. Mit knirschenden Reifen rollte der schwere X5 auf den Hof. Die hasserfüllte Fratze mit den Irisscheinwerfern, die allen neueren BMWs zu Eigen ist, erlosch und nur das leise Knistern des heißen Triebwerks war zu hören. In der Ferne knatterte ein Hubschrauber. Das Coleman-Airfield, ein Flugplatz der US-Army, war nicht weit entfernt.

Josefa hielt das Megaphon an den Lautsprecher des Laptops und klickte auf die erste Datei:„Raus aus dem Wagen!“ Nika erstarrte zur Salzsäule und schaute angespannt zu dem Auto hinüber. Keine Reaktion. Doch! Das Fenster an der Beifahrerseite glitt herab und Brundts Stimme ertönte.

„Ernie, ich bin hier, ich habe getan, was du wolltest, lass uns ...“

„Raus aus dem Wagen!“ Nichts geschah. Josefa überlegte, ob sie die gleiche Datei noch ein drittes Mal abspielen sollte, was die Gefahr mit sich brachte, dass der Kerl die absolut gleich klingende Forderung als Bandaufnahme erkennen würde. Gerade als sie das tun wollte, schwang die

Fahrertür auf und ein Bein in einem Kampfstiefel und dazu passender Uniformhose erschien.

„Rüber zu dem Misthaufen, Hände über den Kopf!", plärrte das Megaphon. Jens (das Schwein) tat wie ihm befohlen und tappte langsam zu dem Misthaufen.

„Vor den Bagger, vor den Bagger!" Der Satz war eine Notlösung weil das Wort Mistgreifer in Ernies Hörbuch nicht vorkam. Aber ihr Opfer verstand auch so, was gemeint war und postierte sich, immer noch mit erhobenen Händen, vor dem heruntergelassenen Greifer. Josefa ließ den Stecker in die Starterbatterieeinheit klicken und grelles Halogenlicht flutete über den Hof. Der Mann am Greifer schloss für einen Moment geblendet die Augen. Dies war auch das Zeichen für Nika. Sie trat aus ihrer Deckung und richtete die altertümliche Waffe auf Jens.

„Leg dir den Gürtel um und häng die Karabinerhaken ein!" Die ersten drei Worte klangen noch verzittert und dünn, doch dann kam Nikas kräftige Alt-Stimme durch.

„Nika! Gott sei Dank, dass du unversehrt bist! Nika, ich liebe dich!" Das war sein Todesurteil. Dass der immer noch der Meinung war, sie fiele auf seine dämlichen Sprüche herein. Dass er sie für so blöde hielt!

„Tu, was ich dir gesagt habe, du Schwein!" Das metallische Ritsch-Klack des Karabiners unterstrich ihre Worte. Jens (das Schwein) verstummte entsetzt, tat aber wie ihm geheißen.

„Hände auf den Rücken!" Nika registrierte im Unterbewusstsein, dass der Hubschrauber jetzt näher gekommen war. Scheiß-Amis, wurde Zeit, dass die endlich abzogen.

„Nika ich ...“ Sie trat einen Schritt näher, so dass auch sie in den Lichtkreis der Lampe geriet.

Der Mann vor dem Greifer schaute in ihre Augen, gewahrte lodernde Mordlust darin und befolgte den Befehl.

„Scheiße“, dachte er verbittert, als er spürte, wie eine bislang unsichtbare Person ihm Handschellen anlegte. Das Nächste was er hörte, war das Heulen und Spucken eines alten Dieselmotors, dann wurde er unsanft in die Höhe gerissen. Der Haltegurt rutschte ihm bis unter die Schulter und schnitt ihm schmerzhaft ins Fleisch.

Dann brach die Hölle los. Gleißender Lichtschein stürzte vom Himmel, begleitet vom Schwirren, Flappen und Singen eines Helikopters. Staub und Laub wirbelten durch die Luft und eine merkwürdig bekannte Stimme schrie elektronisch verstärkt:

„Waffe weg! Legen Sie die Waffe weg!“ Gleichzeitig gingen 22 schwarz gekleidete Männer mit Sturmhauben und Schnellfeuergewehren rund um den Hof in Stellung. Die grellen Scheinwerfer auf den Gewehren konzentrierten sich allesamt auf den zerbrechlich wirkenden Körper von Nika Hemmig. Ihr Haar und ihr Gesicht mit den großen, erschrocken aufgerissenen Augen leuchteten fahlweiß.

„Waffe weg!“ Scheppernd fiel der Karabiner auf das Hofpflaster. Ein Mann war plötzlich neben ihr, trat das Gewehr fort und umklammert sie mit nur einem Arm.

„Es ist vorbei, Nika. Es ist vorbei.“ Als sie der Mann an die uniformierten Kollegen übergab, drehte sie sich um und schaute in ein paar unsagbar traurig blickende, wässerige Trinkeraugen.

„Peter? Du?“ Aus den Augenwinkeln bemerkte sie, wie zwei weitere Polizisten Josefa in Handschellen abführten und in einen dunklen Audi bugsierten.

„Hey, und was ist mit mir?“, ertönte eine heisere Stimme von oben. Bluhm und alle anderen schauten zu dem hilflos am Mistgreifer baumelnden Jens Brundt hinauf.

„Lasst den Mann runter!“, befahl Bluhm und nahm Nikas Arm, „Kommen Sie Frau Hemmig, fahren wir.“

„Wir sind doch alle per Du, oder?“, sagte sie leise und Bluhm wunderte sich über das schwache Lächeln, das sich plötzlich auf ihrem schmalen Puppengesicht zeigte.

„Passt bloß auf, ihr Idioten! Passt bloß auf!“ Die Stimme des immer noch in der Luft baumelnden Brundts wurde beinahe zu einem Quieken. Der SEK-Mann auf der blechernen Sitzschale des Mistgreifers griff nach einem der Hebel, um seinen Kollegen runterzulassen. Der Greifer öffnete sich und im Bruchteil einer Sekunde war es vorbei. Nika glaubte, das Knacken des gebrochenen Genicks bis hierher zu hören. Vielleicht war es aber auch nur Einbildung. Ihre Lippen bewegten sich und Bluhm musste sich anstrengen, um zu verstehen was sie sagte. Es klang wie ein Kinderlied ...

„Das war das letzte Negerlein ...“

„Das letzte Halstuch ist aus Hanf."
William Calcraft- letzter britischer Henker

Epilog

Monika „Nika" Hemmig und Josefa Bollmann wurden wegen gemeinschaftlich versuchten Mordes zu je zehn Jahren Haft verurteilt. Aufgrund der Ermittlungen im Stoffstübchen, welche nach der Übernahme durch die Polizeidirektion Südhessen weitergeführt wurden, deckten die Ermittler der SoKo Patchwork drei weitere Morde auf: Julia van Hangstrathen, Maurizia Klawuttke und Bernardine Fleurance wurden des Mordes überführt und zu Haftstrafen zwischen zwölf Jahren und lebenslänglich verurteilt.

Gegen Kriminalhauptkommissar Hans-Peter Bluhm wurde ein internes Ermittlungsverfahren wegen Versagens mit Todesfolge während einer Einsatzleitung anberaumt, welches zu seiner Suspendierung und späteren Rückstufung in den schutzpolizeilichen Dienst führte. Polizeioberkommissar Bluhm ist nun in der Überwachung der Verkehrsvorschriften und der Lenk- und Ruhezeiten im Güterkraftverkehr tätig.

Der Beamte, der durch ein unglückliches Versehen den Tod des verdienten SEK-Kommandeurs Jens Brundt mitverantwortete, hat von sich aus den Dienst quittiert und befindet sich zur Zeit in psychiatrischer Behandlung.

Zielfahnder des BKA sind europaweit im Einsatz, um den Auftragsmörder mit der markanten Stimme zu ermitteln. Hinweise aus der Bevölkerung, nach einem Aufruf durch die Fernsehsendung Aktenzeichen XY ungelöst, denen zufolge an mehreren Orten eine Frau mit Gehhilfe gesehen worden sein soll, brachten bisher keinerlei Ergebnisse. Die Frau könnte eine wichtige Zeugin sein und wird dringend gebeten, sich zu melden.

Die Aussagen von Monika Hemmig und Josefa Bollmann, die den Tod des Ernst Hemmig während einer SEK-Übung betrafen, wurden von mehreren unabhängigen Gutachtern auf ihre Glaubwürdigkeit und technische Durchführbarkeit hin untersucht. Sämtliche Gutachter kamen zum gleichen Ergebnis: Ein gezielter Treffer mittels eines geplant platzierten Querschlägers ist nicht möglich. Die Aussage der beiden Frauen wird als reine Schutzbehauptung gewertet.

Das Stoffstübchen in Lorsch befindet sich seit einigen Wochen unter neuer Leitung. Frau Conny Odedra bietet auch Quilt- und Patchworkkurse an und hat sogar Bernardines Hund Django adoptiert, den einzigen Zeugen jener mörderischen Zeit!

Ende

Danke:

Monika Krämer

Als meine geliebte Frau vor zwei Jahren das Quilten als ihr Hobby entdeckte, hätte ich nicht geglaubt, dass dies einmal Stoff für einen Krimi abgeben würde. Durch sie hatte ich das Glück, diese Quilterinnen aus dem Lorscher Stoffstübchen kennenzulernen. Die Damen sind wirklich mörderisch! Mörderisch gut mit Nadel, Faden und Stoff. (Die bringen auch niemanden um, es sei denn, sie hätten einen guten Grund ...)

Luisa Clasen

Meine Privat-Lektorin! Ja, auf diese Frau dürft ihr ruhig ein wenig neidisch sein. Kompetent, zuverlässig, schnell. Ein Komma-Legastheniker wie ich wäre ohne sie aufgeschmissen! Auf weiterhin gute Zusammenarbeit!

Conny Odedra

Inhaberin des mörderischen Stoffflädchens! Liebe Conny, denke bitte immer daran: sämtliche Figuren in meinem Roman sind frei erfunden! (Ja, ja, ich weiß, aber die meisten jedenfalls)

Ricky Tims

Starquilter aus den USA. Danke für Deinen Gastauftritt!

Special Thanks:

Allen „mörderischen Quilterinnen“ aus Connys Stoffstübchen für ihre Unterstützung und ihre Toleranz wenn ich es mal wieder übertrieben habe. Ihr seid alle ganz lieb!

Barbara und Ralf Waldkirch und ihrem gesamten Team aus Verlag, WAP und Buchhandlung. Danke für Eure große Unterstützung! Das geht jetzt erst so richtig los!

Die Zitate aus dem Roman in chronologischer Reihenfolge:

„Hast du ihm je verziehen?"
„Ja, ich hab ihm verziehen. Das macht man so, wenn jemand stirbt."
Zitat aus dem Spielfilm „Ein amerikanischer Quilt"
USA 1995

„Gefängnismauern sind auch nichts weiter als ein Log-Cabin-Block."
Jule van Hangstrathen

„Wo die Nadel durchkommt, da kommt auch der Faden durch."
Josefa Bollmann

„Schlimmer als lebenslänglich: Die Meinung der Leute."
Josefa Bollmann

„Gift: die bevorzugte Waffe der Frauen - Es weckt die Kinder nicht auf."
Nika Hemmig

„Der perfekte Mord ist der goldene Faden im Quilt unseres Daseins."
Maurizia Klawuttke

„Der perfekte Mord verlangt Konzentration und Geschicklichkeit, genauso wie der perfekte Quilt.“
Bernardine Sambucco

„Jeder Trottel kann einen Menschen töten,
der wahre Künstler arrangiert einen natürlichen Tod.“
Ernst Hemmig, alias Ernest Hemmigweg, Krimiautor

„Wo alle Fäden zusammenlaufen,
sitzt entweder ein Gangsterboss oder eine Quilterin.“
Maurizia Klawuttke - Giftmörderin

„Natur? Die Rohfassung, verfasst von einem dilettantischen Träumer.
Wahre Schönheit verlangt den Meister.“
Prof. Dr. Caesar Hohenzoll, plastischer Chirurg

„Wer früher stirbt, ist länger tot.“
Heinz Erhardt

„Es gibt nur ein einziges wasserdichtes Alibi:
das des Opfers.“
Stephan Glimm, Strafverteidiger

„Wenn Krimis realistisch wirken sollen, dann darf man niemals von der Realität abschreiben.
Viel zu viele Klischees!“
Ernst Hemmig, alias Ernest Hemmigweg -
Krimiautor † 2012

95 Prozent aller Straftaten gegen die körperliche Unversehrtheit und das Leben werden von Männern begangen.
Quelle: deutsche Kriminalstatistik.
„Frauen morden genauso oft wie Männer.
Nur nicht so dumm.“
Jule van Hangstrathen

„Liebe – zweithäufigstes Mordmotiv neben der Habgier.“
Hans-Peter Bluhm, Kriminalhauptkommissar

„Das Lächeln der Mona Lisa ist das Lächeln
nach vollbrachter Tat.“
Monika Hemmig

„Auge um Auge,
ab der vierten Runde kämpfen dann zwei Blinde.“
Manfred H. Krämer - Krimiautor

„Das letzte Halstuch ist aus Hanf.“
William Calcraft, letzter britischer Henker

Spargelmord

Ein Rhein-Neckar-Krimi

ISBN Taschenbuch	978-3-927455-83-2
ISBN E-Book EPUB	978-3-86476-502-5
ISBN E-Book PDF	978-3-86476-503-2

Beschmierte Wände, Brandstiftung und ein versuchter Mord! Wer will mit allen Mitteln verhindern, dass die Lampertheimer Landwirte die romantischen alten Spargelhäuschen abreißen?

Solo und Tarzan, Krämers kultige Ermittler, geraten wieder einmal unfreiwillig zwischen die Fronten.

Birgt eine der maroden Hütten ein grausiges Geheimnis? Tarzan steht kurz davor, dieses Rätsel zu lösen, da wird er plötzlich selbst zur Zielscheibe eines kaltblütigen Mörders.

Ein rasantes Abenteuer rund um die Spargelstadt Lampertheim. - Solo und Tarzan in absoluter Topform!

Mit Bonus für treue Fans:

- Das kleine Lampertheimer Wörterbuch: Loambaddarisch fa Främme.
- Leckere Spargelrezepte

Kohlemord

Ein Mannheimer
Rhein-Neckar-Krimi

ISBN Taschenbuch	978-3-927455-86-3
ISBN E-Book EPUB	978-3-86476-500-1
ISBN E-Book PDF	978-3-86476-501-8

Ein toter Stadtstreicher in Mannheims feinster Hotelsuite, ein verschwundener Koffer, den seine Eigentümer mit allen Mitteln, Mord nicht ausgeschlossen, wieder in ihren Besitz bringen wollen, ein knorriges Urgestein von Schiffmann auf Kriegspfad gegen die Kohlemafia, Tarzan als Leichtmatrose auf dessen museumsreifem Frachter, Mannheims meistabgemahnter Kommissar Bluhmepeter aus der „Tschäänau" als Fahnder, das typische Lokalkolorit Mannheims und seiner Häfen als Bühnenbild sowie ein grandioser Showdown im geheimnisumwitterten Bunkerkraftwerk unter den Kohlehalden des GKM:

Das sind die Zutaten für einen Krämer-Krimi der Superlative, das Ergebnis aufwendiger und intensiver Recherche und sprachlicher Eloquenz. Manfred H. Krämer vom Feinsten.

Der Kult-Thriller von Manfred H. Krämer

ISBN Taschenbuch	978-3-927455-84-9
ISBN E-Book EPUB	978-3-86476-504-9
ISBN E-Book PDF	978-3-86476-505-6

Die Thriller-Reihe von Manfred H. Krämer dreht sich um einen bekannten Mannheimer Strafverteidiger. Folgen Sie dem Autor in die glitzernde Welt der internationalen Model-Szene. Das naiv-optimistische junge Mädchen, das in einem Essener Hinterhof ein demütigendes Casting durchleidet, entwickelt sich zu einer Frau, gegen die Skorpione harmlose Kuscheltiere sind.

Die Handlung führt die Leserinnen und Leser von Mailand nach Nordafrika, von Mannheim über ein einsames Schloss im Odenwald bis ins kalifornische Napa Valley. Anna-Sophia Barlow, die „Skorpionin", hat in ihrem Leben immer alles bekommen, was sie sich gewünscht hat.

Bis ihr eines Tages das Wertvollste genommen wurde, dass sie jemals besaß.

Ihre Rache war fürchterlich. Sie werden sie hassen und Sie werden sie lieben. Lesen Sie. Erschrecken Sie.

Manfred Rainer Corr

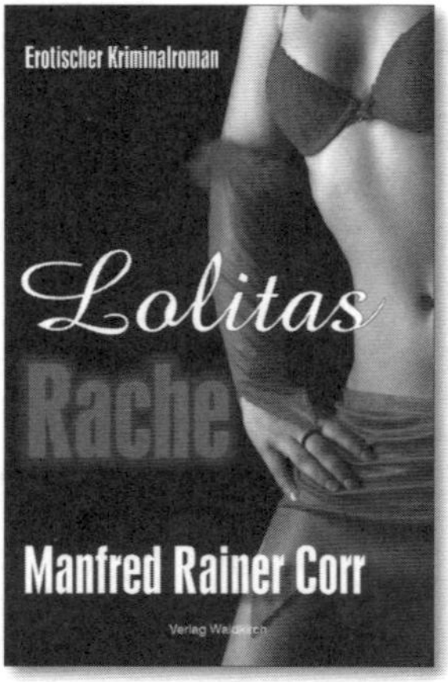

Lolitas Rache

Vergessen Sie den Prozess Kachelmann.

Vergessen Sie den Skandal um Dominique Strauss-Kahn.

Hier kommt der Fall Brian Jones ...

ISBN Taschenbuch	978-3-86476-014-3
ISBN E-Book EPUB	978-3-86476-605-3
ISBN E-Book PDF	978-3-86476-606-0

... komplexer, schockierender und abgründiger als alles, was Sie sich vorstellen können.

Jess Engels: Bildhübsch, blutjung, durchtrieben und skrupellos. Ein Fan, der dem Star seiner Träume so nahe sein will, wie es nur geht.

Brian Jones: Der umjubelte Popstar, sehr vermögend, gutaussehend, Kunstsammler. Mann von Welt, glücklich verheiratet und treusorgender Familienvater.

Um ihn mit Haut und Haar zu bekommen, zieht diese „Lolita" alle Register.

Die minderjährige Stalkerin bedrängt und verführt den international bekannten Star. Als der Künstler sich nach einer kurzen, heißen Affäre von Jess trennt und sich zu seiner Familie bekennt, nimmt das Schicksal seinen Lauf. Jess schmiedet einen grausamen Racheplan, der nicht einmal vor Mord zurückschreckt.

Lolitas Rache: Ein spannender Roman, der die Schuldfrage ganz neu stellt.

www.lolitasrache.de